INK

INK

文學叢書

022

憂鬱的田園

曹文軒◎著

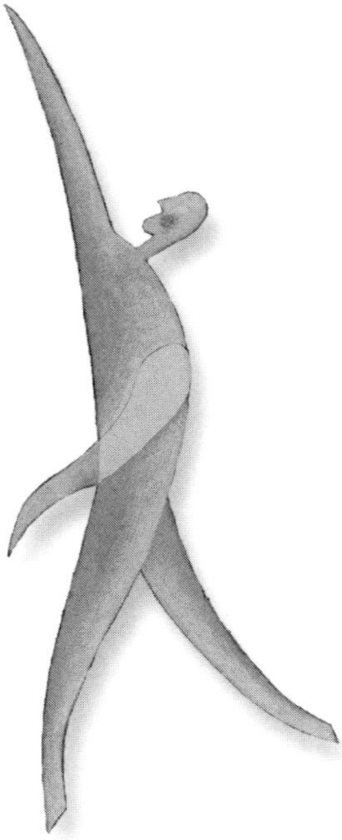

目次

憂鬱的田園

一

細茶的活做得就像她人一般乾淨。插秧是泥水活，別人撩衣捲袖總弄得泥跡斑斑，可細茶呢？她穿一件人家姑娘出門做客才穿的白布褂，袖口輕輕往上只挽一道，然而一天活做下來，白布褂上都不沾一星泥點。

細茶做活又很漂亮，那全然不像農家女人的細長的十根手指，像十個修長的小美人兒，又是一般的心眼，和諧配合，將活做成應當做成的樣子。她左手輕輕將秧苗均勻地剔出，右手用三根指頭捏住，如同三月岸邊柳煙下用長尾點水的靈燕子，輕輕往水中一點，那秧苗便站住了。快，動作卻很柔和，像有一股小旋風在她兩手之間無聲地旋轉著。

細茶還有一副銀嗓子，唱出的聲音像被清洌的泉水過濾過的。但並不總是唱得很溫柔，卻微帶一些野性，把聲音朝高闊的天空和廣漠的原野深邃處播揚開去。於是這天和地似乎變得更加空曠起來。

誰都願意與細茶一起做活。

歌聲一起，眾人覺得有一隻兔子在撞心窩，情緒上來，手裡的活快了許多。她家地廣，是這河邊上的首戶。但每年插秧總是她家先關秧門。這都是因爲她唱歌唱的。她家秧插完了，河邊上的人家就爭搶著請她幫忙。常弄得細茶不知去幫哪一家。

細茶似乎不是一個溫順的女人。

細茶的眉間有一顆微小的紅痣，看倒也中看，但這裡的人卻認爲那不是一顆善痣。長這種痣的女人，都很厲害，並總要欺負丈夫的。再加上這顆痣微微有點偏左，便又有了「丈夫很難管束住她」的疑慮。婆婆覺得兒子很無用，日後可能不是她的個兒，因此在她過門的那天，門頂上掛了一扇磨盤(意爲壓邪)。別人家新娘入屋，一般都是低著頭讓一位老嫗攙入，而她在踏入門檻時，卻把頭高昂起來，那意思很分明：「別想壓住我，到你們家，我是要抬頭做人的！」把眾人嚇了一跳。一作不行，婆婆又來二作。頭天晚上，她把灶前的柴禾一絲不剩地全都抱出屋去。她知道第二天早上細茶是要起來燒早飯的，新媳婦燒頭朝早飯，是這裡的規矩，細茶剛進門，什麼也不熟悉，這樣就逼著細茶要到她床前去問柴禾堆在哪兒，她就可「拿」細茶一下。可第二天早上細茶並沒有問她。婆婆家很富裕，屋裡放了滿滿一大缸豆油，又有一大匹白布。細茶撕了幾塊白布，往油缸裡一扔，然後用撥火棍將它摁到深處，等浸足了油，再用撥火棍挑起，點著了火，扔到灶膛裡。她就這樣燒一家人的早飯，弄得婆婆趕緊下床抱柴禾。

「這媳婦以後不得了！」一條河兩邊上的人都這麼說。

可是，以後也沒有怎麼太不得了。細茶並沒有欺負她的男人。她男人槐子是根獨苗，是那麼一大筆家業的唯一繼承人，從小嬌慣，六歲上，他死了父親以後，母親便越發地疼愛。長到十歲，站起來已到母親肩膀了，卻還在大庭廣眾之下鑽到母親懷裡，掀起衣服，像隻小犢子吮那早已稀鬆軟癟的奶子。小時候，他是一群小促狹鬼戲弄的物件。他很瘦弱，風能把他吹倒。細茶過門第二天，他被一群男人圍住了，偏讓他說夜裡的事。他「不哩不哩」地拒絕著，但後來還是禁不住他們的哄騙、引誘和搬胳膊，說了：「我不中用哩。」細茶把他拉回家去，自己關起房門來哭了。以後誰再欺負槐子，她便拉下臉來罵人個狗血噴頭。她給槐子做衣服，給他燉、煨豬爪，冬天給他蓋被子，夏天給他弄洗澡水，處處一個好女人的樣子。

對婆婆，細茶也不凶。婆婆原先就是個厲害人，死了丈夫以後更厲害——十個寡婦九個凶。五部風車、四條牛、上百畝田地，還有三條船，一個女人家，卻管得滴水不漏。那些幫她家做活的人，背地裡都叫她黑奶奶。黑奶奶是有了名的。細茶卻居然與這麼個婆婆還能好好相處，事實並未像人們當初想像的會「不得了」。

但她潑辣，又是確實的。

姐在園中栽黃瓜，
哥在園中點葵花，

二人隔道竹籬笆。
等了黃瓜開了花，
瓜藤爬過竹籬笆，
葵花節稓子當瓜架……

細茶領趟，一邊插秧一邊唱，幾十雙手便隨著她的歌聲，在茫茫的水田裡點出一片水煙。

田埂上走過一個穿白大褂的閒人。他想挑逗一下細茶，用屋裡主人的口氣，朝細茶叫道：「喂，鑰匙呢？」

細茶放下手中的秧苗：「你要進房裡呀？鑰匙在我懷裡哩。」她溫柔地笑著，朝田埂走去。離那閒人幾步遠時，她一彎腰，挖出一把污泥來，對著他就甩過去。那閒人的臉上和乾淨的白大褂上沾滿了泥污，趕緊逃跑了。

插秧的人就笑，其中一個姑娘笑得歪倒在水田裡。

細茶笑笑，洗洗手，到遠處的蘆葦叢裡解小手去了，兩個白腿肚子便在陽光下一閃一閃地亮。

解了小手，繫了褲子往外走。沒有走出蘆葦叢，她站住了。她輕輕撥開蘆葦，看見了瓜地裡那個瓜人的寬闊的後背。

這個地方上的人不會種西瓜，可又很喜歡吃西瓜。每到清明前，就會從離這裡幾百里外的北方過來一些男人，讓這裡的人雇他們種西瓜。這裡的莊稼人出遠門的很少，因此不知外面天地到底有多廣闊，二百里外的地方就被他們稱爲「北極」了。這位來自北極的瓜人同時被這河邊上的許多人家雇傭，管著上百畝的瓜地。

瓜人微微偏過頭來。他看到了細茶。

細茶最初感覺到這對眼睛，是那天從河裡往岸上拖船。她家有艘這裡最大的船，多年失修，便請了整個這條河邊上的漢子們把船拖上岸來修理。河裡落水，岸顯得很陡很高，漢子們「哼唷哼唷」地打著號子，把身子傾斜到幾乎著地，吃力地把大船往岸上一寸一寸地拖。拖上一小半時，繩子「喀吧」一聲斷了，那些人一嚇，趕緊回頭，雙手死死抓住船幫，但船還是朝下滑去，而這時河坎上和水中還有十幾個人。眼見著就要出事了，瓜人立即抱著一根上百斤重的方木，風一樣穿過人群，往下一跳，鑽到船底下，然後往地上一趴，像往砲膛裡塞砲彈一般，將那根方木死死推了上去，下滑的大船顫悠了一下，頓時剎住了。

船拖上岸後，細茶用眼睛在人群裡去尋瓜人，只見他站在河邊的大樹下，把胳膊抱在胸前，像現在一樣，微微偏過頭來，正看著她。

細茶把眼瞼一合，轉過身，穿過一片蘆葦，心慌慌地從另一個地方回到了地裡。

二

遠處田野上，一架衰老的風車，在慢悠悠地轉動著。它彷彿這樣轉了上千年了。幾棵孤獨的老樹，東一棵、西一棵地站立在寂寞的天空下。一條彎曲的黃土路橫在田野上，路旁野草萋萋。一個老乞蹣跚於路上。他已禿頂，只剩一圈如霜的白髮。他的眼睛是混濁的。他拄著一根隨意撿來的、有點過長的竹竿。他的破衣服拴在褲帶上，在炎烈的太陽下，光著瘦削、彎曲的胸膛。

早稻秧插完了，細茶現在歇著。她望了望這寂寥的田野，無由地歎息了一聲，提了只水桶往河邊去。

她坐在河碼頭的石階上，空空地望著漠然的河水。

一隻蜂子掉在水裡了，兩隻翅膀把水扇出細密的波紋。這麼吃力地扇了一陣，終於沒了力氣，兩隻發藍的翅膀便貼在了水面上。過一會兒，小東西又扇起來，於是，水面上又出現了細密的波紋。幾起幾落，它眞的再也扇不動了，完全沒了再飛上天的意思，隨水流漂去了。一根草稭漂到牠身旁。牠連忙用爪死死抱住。可憐的小東西，牠以爲得救了，卻不知道那根草稭也是在水裡漂著的。

細茶莫名其妙地哭起來。

細茶有點想家了，可家離這裡有一百八十里水路。

細茶家在蘆蕩地區。細茶家原是書香門第。她是在安適、儒雅的家庭裡長成的。小時候文靜、安恬、羞澀。等她長成十六歲，家道已經衰敗下來。隔一年，父親潦倒去世了。十八歲，她來到槐子家。

細茶想念那一片碧綠青翠的蘆葦，想念那水上停著的彎彎的烏篷船，想念那些在水氣裡飛著的白色的鳥們，想念捕蟹人的小棚裡裊裊出的濕煙……

她覺得對岸有個人，抬起頭來——瓜人。

瓜人扛著一把魚叉，一動不動地站在岸上。那魚叉的竿很長，油光油光地亮。他戴著一頂破了簷的草帽。他赤著胸膛。他的皮膚很黑，陽光下，像棕色的緞子在閃光。他的眼睛被高聳的鼻梁的陰影遮住，加之它本來就有點深陷，所以看不清那究竟是一雙什麼樣的眼睛，但卻又讓人分明感覺到它。他還是那樣微微側過頭來看著她。那黑色的目光很粗野，像有麥子的鋒芒。他很固執地看人，一絲一毫都不動搖。細茶感到臉上有點灼熱，很生氣地扭過臉去。當她慢慢轉過臉去再看他時，他的眼睛依然還是那麼狠巴巴地看著。細茶把眼珠轉到眼角，睥睨著他。瓜人忽然聽到了什麼動靜，不等細茶想清楚是爲什麼，他猛一轉身，魚叉已像箭一樣射進河中。隨即，他撲到水裡，濺起一團很大的水花。他抓住魚竿，然後把它舉起來，一條大魚便升到空中，像金子一般閃著亮光。他從水面上抓住草帽，爬上岸去，水珠便從他塗了油一般的身體上滴溜溜地滾下來。

細茶又感到了他的目光，趕緊提著空水桶回去了。

她進了院子，呆呆地坐著。她心裡很氣惱。院外，她家的小母牛令人愛憐地叫了一聲。她便走出去，一看，那頭好看的公牛正立在那裡。牠呈金黃色，陽光下，那一身毛，像一縷縷金絲。牠的腦袋不大，顯得銳利，但犄角巨長。牠高大壯實威武凶猛。牠身上還有水珠，可見牠是掙脫了繮繩泅水過來的。她不好意思地看到了牠腹部垂掛著的一件無神的東西，回頭再看那頭小母牛，知道大公牛已經欺負了牠。她轉身跑進院裡，拿了根棍子過來就追打那頭公牛。公牛跑動起來，撩起一蓬蓬塵埃。但依然圍著小母牛不肯遠走。她扔下棍子，瞪眼望牠一陣，卻轉身回去，端了一銅盆奶一般鮮潔的豆漿，放到了牠面前。牠看了看她，低下頭去，貪婪飢渴地喝著那豆漿。她退回來，一邊輕輕撫摸著小母牛的背，一邊朝那頭公牛罵：

「回家吧，回家吧，你這不要臉的畜生！」

公牛依戀地望望安靜的小母牛，轉身像閃電一般朝田野上奔騰而去。

細茶低頭看小母牛，見牠眼睛裡好像含著薄而透明的淚，她一邊摸牠的濕漉漉的鼻子，一邊說：「誰讓你不叫我一聲呢？我就在河邊上呀。以後，我不管你了……」

三

蒼白的一鉤下弦月，掛在五月灰藍的天上。星星稀稀疏疏，黯然地放著微光。田野顯得無限深遠。這不是一個集中的村落，一家一戶，往往相隔很遠，傍水而住。茅屋裡的豆油燈，將淡黃的光從窗裡透出，像天上的星星一樣稀疏，一樣微弱。天熱了，人們在院裡，或者水邊納涼。似乎又不太熱，手裡的芭蕉扇只是用來趕蚊蟲的。蚊蟲又似乎不太多，芭蕉扇只是有一聲無一聲地拍擊著身體，聲音顯得很單調，很遲鈍。孩子們白天在野地裡玩累了，這會兒都睡覺了，剩下在夜空下坐著的，全是些嫌夜長的老人們。他們就一個或幾個悶悶地坐著，什麼也不想。偶爾有一搭無一搭說幾句從前的事，沙啞、低沉的聲音，在這廣漠的天空下，顯得極遼遠。這其間，還會響起一兩聲慵懶的、沒精打采的呵欠聲。蘆葦都長起來了，黑蒼蒼的。風一吹，葉子互相摩擦，發出粗糙的聲音。三兩隻螢火蟲，在麥地裡、蘆葦叢裡飛著，發藍的光寂寂地閃動。河裡有時行過一艘遠路來的船，沉悶的櫓聲，水的「豁啷」聲，船家吃菸後發出的乾咳聲，給這五月的鄉夜，又添了幾分幽怨和寂寞。

細茶明明知道睡不著，卻老早熄燈上床了。

西廂房裡，響著婆婆的磨牙聲和長吸氣以後的歎息聲。那聲音怪嚇人的，讓人覺得一口氣像塊石頭落進水裡沉下去了。槐子打著呼嚕。這呼嚕沒有一點男人的勁頭，那麼軟弱無力，那麼不中聽。細茶摸了摸他的瘦骨伶仃的身子，覺得有點涼，就給他拉了拉夾被。細茶毫無思想地、木然地躺在這個男人身旁。月光臨窗了，照著她的身體。她的胸脯朦朧地聳著，眼睛黑黑地亮。

夜深了，涼涼的夜風將露水浸出的草木氣味送進窗裡，越發讓細茶不能入睡。她心裡煩躁，可也不太煩躁。

似乎在無邊的草叢裡，一隻野雉不知是因爲忽然覺得孤單了還是因爲別的什麼原因，叫了起來。懵懂裡，牠忽然又覺得叫得不合適，就又乖巧地不叫了，因此那叫聲顯得沒頭沒尾的。不知誰家在連夜打場，趕牛人肯定是疲乏了，要閉著眼睛瞌睡著跟在石磙後面半天，才振作起來，響一聲悠長的號子。這號子聲在這涼匝匝的深夜，顯得有點哀愁。

細茶覺得自己快要睡著了。朦朧裡她似乎聽到了一種歌聲。這歌聲使她一驚乍，又完完全全地醒了。

這歌聲來自黑夜的胸膛。聲音是慢慢響起來的，低沉、平緩，像一股舒緩流淌的河流。這歌聲似乎染上了黑夜的顏色和五月鄉夜的情緒。萬籟俱寂，這歌聲不受一絲其他聲音的干擾，眞眞切切，彷彿能讓人看見清晰如切的音緣。歌聲沒有音量大小，只有音符高低。聲調總是平緩地向前延伸很長時間，然後一個跳躍，像在一根繩索上用力打了一個結。有時，彷佛情緒顯得躁動不安，一連串打幾個結，才又趨於安靜，繼續平緩地向前延伸。唱歌的自然是一個胸腔深如黑淵的男人，因爲聲音太渾沉蒼涼了。他唱得並不好，音的上滑和下降生硬而掌握不住，音像是在顫索的鋼絲上走著，但卻很動人，甚至使人心癢難耐。有一陣，這聲音簡直讓人受不了了——它像鐵索一樣在空中飛旋著，扭曲著，劈打著，空氣似乎嘶嘶作響。這聲音把人們從酣睡中弄醒，有人「嘰哩咕嚕」地罵。後來，歌聲又再一次平靜下來，並且音量漸趨微弱，但始終不肯停住。

細茶無故地驚慌著，月光下，是她微顫著的身體的曲線。

當歌聲變得微弱時，她從枕上抬起頭來，屏住呼吸，側耳去感應那即將消逝的聲音。

歌聲完全消失了，細茶覺得心一下子變得空空蕩蕩，好像就她一個人站在荒野裡。她緊張地推了推槐子，槐子睡得像塊石頭。她在枕上搖了搖頭，後來把頭無力地側向一邊。

夜眞長，像蠶絲一般，總也抽不完。她不想睡了，走出了屋子。

月光薄薄地照著，草垛和一叢叢的樹木，像一座座籠在霧裡的山。煙樹迷離，萬物混沌一片。似有似無的小夜風，柔柔地拭著她溫熱的臉、頸和胸脯。她抬頭望遠處，在深邃的黑暗裡，有一盞發紅的燈。她知道，這盞燈掛在瓜人窩棚前的竹竿上。小窩棚似乎比白天遙遠多了，像是永遠也走不到那兒似的。她倚在草垛上，呆呆地朝黑暗裡望。

月亮越來越纖弱。

四

割了元麥，大麥熟了。割了大麥，小麥又熟了。細茶家有一塊小麥地在離家很遠的河灘旁，要穿過一大片莊稼地。小麥地三面是蘆葦，一面是林子。小麥已經熟透了，白天不能割——太陽煌煌，把麥子曬脆了，一碰要嘩嘩掉麥粒，得五更天起來割。細茶起了個冒失早，拿把鐮刀下了地。

這天是個好月亮，夜是透明的。蝙蝠在乳白色的空氣裡嘶嘶地飛，池塘上籠著銀藍色的霧，像一蓬蓬蛛絲輕輕地飄。成熟的麥子發出熱烘烘的香味，與田埂邊的苦艾發出的微帶藥味的清香融合在一起，彌漫在六月的夜空裡。

天空下就只剩下一片寂靜。

細茶的頭髮和肩頭，籠著毛茸茸的光圈。她站在麥地裡，望望月亮，望望在林子裡閃爍的一汪池塘，便彎下腰去割麥子。一條鯉魚從池塘裡躍出來，在月亮下閃了一個優美的銀弧，跌在水裡，池塘發出清脆的水音。細茶不由得抬頭朝池塘望，只見一個男人站在林子邊。她一陣害怕，想大聲喊叫，但她終於沒有發出聲音。

他披著衣服，依然側著臉看她。

她趕緊低頭割麥子。麥子嘩嘩倒下了。不知割了多久，她慢慢轉過臉去，見他仍是那樣一副姿態，像凝固在那兒了。她不敢看他的眼睛，那眼睛森森地讓人害怕，其實她根本看不見他的眼睛。

她感覺到他朝她走過來了。

她看了看四周，寂無一人，微微顫抖起來。

他固執地朝她一步步逼近。

她顫顫地揚起銀閃閃的鐮刀。

他一點不在乎，繼續走過來。

她小步朝後退去，驚恐地望著他的臉。他挨近了她，然後用強有力的大手抓住她的胳膊，將她手中的鐮刀摘了，扔到了水塘裡。她縮著肩膀，像隻被狼盯著的羊羔哆嗦起來，並用惱怒而又不安的眼睛望著他。他突然粗魯地將她拉到懷裡。她用雙手軟弱地拒絕著，並咬他的手。

他把她夾在腋下，將她拖到了蘆葦叢裡。

她聽到蘆葦在他的腳下和在她的身體下斷裂，發出「嘎喳嘎喳」的聲響。

他將她放在蘆葦叢中的一片草地上，然後將衣服一件一件脫下扔在地上……

月亮快要落下去了，她在他汗漬漬的臂彎裡醒來了。她坐起身，默默地望著星空，又想起家鄉的蘆蕩、烏篷船、白色鳥和捕蟹的茅屋前裊裊的濕煙。

小蟲像銀子一般在草叢裡鳴著。霧稠了，整個天地像泡在濃濃的奶裡。林子上空已透出白光，離天亮近了。她推了推他，他一點也不動。他像一個貪睡的孩子，在黑甜鄉裡酣睡著。她看了看他變得柔和了的面孔，又用勁推了推，他仍然沒有醒來。她無可奈何地歎息了一聲。林子上空透出了淡淡的玫瑰色。她便狠勁地推著他，然而他依然如故。她捶了他幾下，哭起來。哭了一陣，她朝林間那個池塘走去。

她把衣服放在池塘邊，走進藍色的池水裡。她一直走去，直到水淹沒了她的圓圓的肩膀。她的身體在清涼的池水中浸泡了一陣後，一點一點地又露出水面。水珠隨著她身體的曲線往下滾動著。月光下，她的胴體宛如藍色的冰。一團霧從林子裡飄到池塘上，她被籠在了一片朦朧裡。

瓜人走進池塘。

她朝前走著。

他只幾步就追上了她。

池塘裡激起一團團水花。

後來，一切歸於平息，池塘靜悄悄的，魚在水面上張嘴呼吸著……

五

秋來了。空氣清潔無塵，像蟬翼那麼透明。滿盈的池塘，寂然不動地映照著純藍的天空。白楊倒映在微微波動的水中，白色的樹幹像夢一樣顫動著。河坡上，幾隻山羊被清澄的秋陽所照，像長了一身金毛。狗們在農舍前的空地上無憂無慮地跑著。若有風吹來，坡上的草便彎下柔軟的腰，形成一條條金色的弧形。翅膀翡翠一般綠的紡紗娘，伏在蘆葦葉上，屈起綠瑩瑩的腿，音質純淨地叫著。

細茶穿著藍底白花褂子，坐在河邊。她的神情，她的心，都是秋天的。她望著水中的細茶：烏黑的頭髮上插著一朵小黃花。她朝她笑。她很喜歡她。

水上停著一艘船，彎彎的影子倒映在水裡。一根蘆葦梢上，站著一隻翠鳥，就像一朵藍色的花。一根蘆葦低垂在水中，幾條身體修長如柳葉兒一般的魚，繞著它轉，那藍藍的背和彎曲甩動的尾巴，有道不出的韻味。細茶從淘籮裡取出幾粒米來放在手掌上，然後將手放在水裡逗著牠們。牠們先是在離她的手幾寸遠的地方轉悠，並側起小藍眼睛望她的手。在清水裡，她的手指顯得越發細長，顏色鮮嫩。魚們終於大膽地游來了。牠們用圓圓滑滑的嘴吮著她的指頭，幾條小個的，竟然游到她掌上，把她手弄得癢癢的。她突然把手一合，一條小傢伙便留在了她手中。牠在她的手上扭動著，在陽光下閃動。後來，牠沒勁了。她怕牠死了，把手放進水裡。小傢伙甩了甩尾巴，從她手裡游走了，還回過頭來看了她一眼。

身後有腳步聲。

細茶掉頭看，婆婆正高高地俯視著她。她拎起淘籮走上岸來，往家走去。她覺得婆婆側目盯著她的脊背。那目光是十月裡的霜。她不怕婆婆，但婆婆的目光擾亂了她的寧靜，使她有點惶惶不安。

夕陽西下，暗紅色的柔和的天空裡，飛著無數歸鳥的黑影。樹冠像巨大的網子，在等待牠們。太陽就像一只斷了線的風箏，在枝椏間晃悠著，有點神不守舍的樣子。隨著它一寸寸沉落，細茶也一寸寸地害怕和渴望起來。她怕它落下去，又怕它老懸掛在枝椏上。

天終於黑了。她顯出一副特別安靜和沒有任何心思的樣子，用針撥著燈花。而耳朵卻在聽著四周的一切動靜。她聽到了西廂房的關門聲。她看了一下已經睡著了的槐子，依然用針撥著燈花，但手在微微發顫。

她輕輕走出去。

西廂房的門縫背後，一雙冷冷的目光在黑暗裡看著她。

細茶走進流動著的銀色的涼氣裡，往黑暗深處走。

婆婆打醒了槐子：「她去那個小棚子了！」

細茶走過那座小木橋，看見了那座小棚子，便回頭望，只見遠遠的有一個人影過來了。她跑進小棚裡，撲到他懷裡：「我們到林子裡去吧！」

瓜人把她推開，朝小橋走去。

她攔住他。

他把她又推開了。

她呆呆地站在田野上。

瓜人把小橋中間的一塊板翻到水裡，走回棚子。

她奮力地推開了他。

槐子一腳失空，掉進水裡。他不太會游水，在水裡掙扎著。細茶不顧一切地跑過去，慌慌張張地滾下河坎，走進水中，把手伸給了槐子。

第二天槐子病了。

一群人拿著木棍來到了小棚子前。

瓜人從窩棚裡走出來，側臉斜看著他們，然後，將一把切西瓜用的寒絲絲的長刀扔在棚子前的矮桌上。

人們說著今年的西瓜長得不錯，退了。

細茶默默地伺候著槐子。她給他熬藥，給他擦身子。當槐子把那瘦長的手鑽到她衣服下，戰戰兢兢地往上摸索時，她隨他摸去。

她不再去那座棚子，甚至連看都不看一眼。

夜間，瓜人常常遊蕩在曠野上。有時甚至一直遊蕩到東方出現朦朧的曙色。

六

晚秋了，收割後的田野顯得曠疏，蕭條。土地沉默了，像躺下的老人。河灣上，有兩株白楊，樹葉金黃，在晚秋的最後一陣風尚未颳來之前，顯得十分美麗。它們站在黑褐色的土地上。它們的根部，是一些農人們遺下的磨刀石、壞木犁和打壞了的瓦罐。田野在憂傷地等待冬天。

細茶家門前的樹椏上，一張玉絲般的蛛網還很完整。上面黏著一隻早在夏天就已黏在上面的白蝴蝶。它像一片凋謝了的白色花瓣，在秋風裡整日飄忽不定。

細茶用船把稻草從地邊往回運。這是最後一船了。船拐過河灣，她停住了篙子：瓜人在不遠處的河灘上站著。船在水面上歪斜了。細茶把竹篙點入水中，一彎腰，船又正過來。到了瓜人跟前，細茶又收住了篙子。她望著他。他的腳浸在水裡。他瘦得像一個在貧瘠的荒原上跋涉了無數天的流浪漢。他的肋骨一根根顯出來，凸出的喉節在錯動，彷彿他在極度的飢渴中。他蓬亂焦黃的頭髮上沾著羽絨樣的蘆花，臉色枯黑，挨得很近、深不可測的兩眼裡發出的是野貓的亮光。

細茶把頭低下去，在水裡，她看見了自己蒼白的臉和那對淡漠無神的眼睛，以及兩片無動於衷的薄唇。

蘆葦叢裡，幾隻小如大拇指的雀子，在葉上「啾啾」地叫，聲音有點淒涼。水面上漂著落葉和敗絮。一根黑色的鳥的羽毛，像條小獨船漂在白茫茫的水上。

瓜人像座泥塑。如果用重錘猛然一敲，就會「嘩嘩」瓦解。

細茶望著他，突然拿起篙子打在水上，水花騰起，紛紛傾瀉在他身上。她哭著，嘴裡含糊不清地嗚嚕著。竹篙越打越猛，水花一次次騰起，一次次沒頭沒腦地潑澆著他。他渾身淋濕了，像在陽光下融化的醜陋的冰凌，但一動不動。

她停住了，淚汪汪地望著他。

他轉身走了。

竹篙從她手中滑脫，掉在水上。

他往堤岸上走，身影越來越高大。他翻過堤岸，一寸一寸地消失了。

細茶坐在船頭上，嗚嗚地哭……

著。

沒過幾天，生熟不問，連大夾小，掐完最後一批西瓜，地裡的瓜蔓就都被扯了，地赤裸

細茶走過地頭，就聽有人說：「『北極人』要走了。」

「他要走了。」她這麼淡淡地想著往家走。還沒走到家，她似乎就把這事情忘了。

槐子依然躺在病榻上。他本是病秧子，一年有半年抱藥罐子。又天性膽小，落水受了驚嚇後，病就重了，身體瘦弱如背陰處一根細草。婆婆從幾十里外的仙姑處索來了仙水，服下後，卻越發地重了。他默默地躺著，涼涼的秋光晃動在他呆呆的額頭上。

細茶覺得槐子挺可憐。

她準備給他熬藥去，想起醫生「放一張荷葉」的囑咐，又把藥罐放下，到荷塘去摘荷葉。荷塘離那個小棚子不遠，她看到瓜人已在收拾他的行李。她摘了荷葉，心空空落落地往家走。

晚上，瓜人木然地坐在草棚門口。

天空飛過夜行的雁隊，淡泊的星光下，可以瞧得見牠們精靈一樣的灰影子。牠們疲憊地扇動著翅膀，並不時地響起一兩聲長旅上的哀鳴。在微寒的霜氣裡，落葉的林子顯得稀疏和瘦弱，閃著黑光。七月的荷香早已消失，晚風裡只有殘荷的苦澀和泥土的腐爛氣息。

「明天要走了。」他想——僅僅這麼想，不往深處想。

細茶從田埂上走過來。

他老早就看見了。

她倚在棚子門口。

他沒有看她。

她走進棚子裡，借著月光，將他捆好的行李捲打開，把東西一樣一樣放回原處。然後她走出棚子往家去。走了幾步她回過頭來：「錢壓在你枕頭底下。冬天你不用去找活幹了。明年開春，你還在這裡種西瓜。」

七

槐子沒有熬過冬天，無憂無慮地走了。

蒼黃的天底下，一支長長的送葬隊伍，行進在冬天的田野上。高高的靈旗在寒風中飛揚，索索地響。隊伍像一道白色的寒流穿過了黑色的田野，迤邐著進入一片荒丘。

細茶跪在地上，四周是枯索的野草。她看著人們把土地一鍬一鍬掀開，直到他們把槐子掩埋了，也沒有哭。後來她覺得人們都已走了，就她一個人還留在荒丘上。她哭了，但並不覺得多麼悲痛。她爬起來，但因跪著的時間長，腿麻木了，又栽倒在地上。她索性一動不動地在草叢裡躺下了。四周一片靜謐。她用黯淡的眼睛，望著低垂的天空。一朵朵潮濕、沉重的雲，在慢慢地移動著。她聞到了一股新土的氣味，閉上了眼睛。

蘆蕩呢？烏篷船呢？白色鳥呢？好看的濕煙呢？

遠處曠野上，響起一聲沉悶的槍聲。

細茶撐起身體，看到瓜人抓著一管獵槍站在天和地快要相交的地方。他站了很久，然後轉身消失在林子裡。

婆婆成日帶夜地敲著木魚兒念經。像用刀在剁板上剁一樣敲著木魚兒，冷冷地在嘴中念念有詞。

細茶會突然害怕起來，趕緊走到外面倚在一棵老樹上。

茅屋、草垛、樹木和蘆葦都落了厚厚一層雪。黑色的田野，現在是一個鋪滿亂瓊碎玉的世界。幾隻寒鴉從枝頭上飛下，在田埂上慢條斯理地踏步，用嘴去擰著冒出雪的枯枝和殘梗，留下一朵朵腳印。它們的喊聲，又給天空增加了幾分寒氣。一群麻雀縮著身子，在蘆葦叢下一塊濕地上跳著。河凝住了，小船無可奈何地被凍在了河心。荷田裡，斷折的殘荷莖被冰凍住。冰不是一天凍成的，有許多道白色的曲線。一群潔白的鶴，有的在冰上走著，有的在冰的上空飛著，使冬天變得十分聖潔和安寧，但同時也襯出冬天的陰霾和蒼涼。

下雪了，針形的、六角形的、十字形的雪花，在變得瓦藍的天空下飄。田野上升起淡藍色的煙氣。

細茶不肯回家，她害怕木魚聲和那座空大的屋子。

天黑下來，那盞孤燈在雪夜裡戰戰兢兢地閃著。

她冷得哆嗦起來，這才走回去。

深夜，細茶聽見窗外有「咯吱咯吱」的踏雪聲。她用舌頭舔破窗紙，只見月光下，晶瑩的雪地上站著他。他走過來了，一直走到窗下。她聽到了他粗濁的喘息聲，甚至感覺到了他在寒冷中散發出的溫熱的氣息。

他似乎也看到了映在窗紙上的細茶：她的臉，她戰慄的胸脯。

細茶沒有開門，一直倚在窗口。當黑暗退縮到林子裡，黎明在天空翱翔時，她醒來了。借著晨曦，她看見他的闊背在往蒼茫的遠處移去……

八

深遠的高空裡，傳來一陣水晶塊倒進金杯裡的純音——回歸的雲雀叫響了第一聲。春天來了。路上的冰融化了，露出畜糞，並在中午的陽光下散發著刺鼻的氣味。河水又流動起來，鴨們把水往脖子上撩著，並歡快地扇動翅膀。茅屋上的雪變成了水，屋頂濕漉漉的，簷口滴著金色的水珠。沒過幾天，白楊林的梢頭便籠上了淡淡的綠煙。土地在陽光下泛著油光。田埂上，草芽兒把泥土一小塊一小塊地拱翻了，打著寒噤來到空氣裡。狗們在田埂上、場院裡整天追逐嬉鬧著。

細茶家的母牛臨產了。當一股瀑布似的鮮血從母牛軀體裡流到乾草上時，細茶嚇得用手蒙住了眼睛，但心裡充滿了一種莫名的激動。她聽見「撲通」一聲，乾草上多了一個黃乎乎、黏乎乎的東西。淚汪汪的母牛掉過頭來，用舌頭在牠身上舔著。不一會，一條金黃色的小牛犢便出現在細茶面前。她連忙上去仔細看著，小傢伙眞漂亮，渾身亮閃閃的，四隻小黑蹄子是那麼好看，粉紅色的小鼻子，一對鼓鼓的眼睛，像黑琉璃球兒。小傢伙想站起來，但沒有成功。「別急，別急！」細茶對牠說。牠還是急，又掙扎著——站起來了！可是直晃悠，細茶趕緊做好托住牠的手勢。牠竟冒冒失失地朝前踉蹌著走了。細茶急得叫著：「當心！當心！」牠摔倒了。細茶望著這個讓人憐愛的小傢伙：「瞧你，就急！」小傢伙喘了喘氣，卻再一次站起來。跌倒，站起，又跌倒，再站起，不一會兒工夫，牠居然纏繞著牠媽媽甩動的尾巴，穩穩當當地走來走去了。

從此，細茶一有空就來看小牛犢子。

當小牛犢跌在泥水裡，身上沾了泥巴，她就把牠領到池邊，用清水給牠洗刷。一邊洗，她一邊說牠：「讓你小心，讓你小心，你總是不當心！」當小牛犢把籬笆鑽了個洞，把菜園子踩得亂七八糟的，她就輕輕打牠一巴掌，並發狠：「以後再也不管你了！」

她喜歡看小牛犢在田野上撒歡。一隻藍蝴蝶飛著，它先是偏著頭，用眼睛好奇地看著它，然後便橫七豎八地亂跑一氣。後來牠不再去追蝴蝶，接著剛才那份瘋勁，毫無理由地狂奔起來，像股金色的小旋風。她就叫：「別！別！」

她最喜歡看牠吃奶。母牛在小溪邊吃著青草，牠鑽到母牛肚子下，用小嘴叼住媽媽的乳頭，貪婪地喝著。喝得差不多了，牠就把腦袋偏過來看她，一副賴皮樣子。她故意繃著臉：「快喝！」牠一點兒也不快，吮著就不肯鬆口，母牛往前走，牠就吮著奶頭跟著往前走，並且還是側過臉來望她。

細茶變得很溫柔。

一天，細茶從地裡回來，見小牛犢屋前屋後地轉，「哞哞」叫著，在找牠媽媽。細茶忙上前去。小牛犢見了細茶，連忙跑過來，用舌頭舔她的手指頭。她蹲下身來，只見牠眼裡汪滿了淚水。她用手給牠擦去淚水，責備牠：「誰讓你貪玩呢！」她搖了搖牠的耳朵，「走，我帶你去找媽媽。」

小牛犢乖乖地跟著她。

「我跟你說，以後我可再也不管啦。」她一路上不斷地對牠嘮叨，像個老太婆。

母牛不知在什麼地方把小牛犢丟了，也在找小牛犢。牠在林子旁到處轉著，叫著。小牛犢聽到母牛的聲音，「哞」的一聲長叫，丟開細茶，不要命地跑過去。母牛朝小牛犢跑過來，把樹擠得嘩嘩響。細茶走到時，牠們正親熱著，像是失散了很多年頭了。母牛用舌頭在小牛犢身上到處舔著。小牛犢依偎在母牛身上，摩摩擦擦，並「哼哼唧唧」。

細茶坐在林子邊，默默地瞧著牠們。

牠們慢慢平靜下來。母牛沿著田埂，一邊啃草，一邊朝前走去。小牛犢寸步不離地跟著。牠們漸漸走遠了。

只留下細茶一人獨自坐著。

暮色從四周悄然無聲地彌漫上來。路漸漸變得短了。林子裡響起歸鳥的嘈雜聲。遠處，有個老人在喚雞雛。那雞雛大概是鑽進菜園裡了。有個母親在喚貪玩不歸的孩子，聲音裡含著埋怨和焦急。

細茶驚訝地站起來，朝四周看著。

那座小棚子，像一隻渡船停在田野上。

細茶朝它急急地走去。

他從棚裡走出來。

細茶撲在他身上，並用雙手把他的衣服胡亂地解開、扒下……

九

清明前夕，煙雨濛濛，是種瓜種豆的好時光。籬笆下，一個母親用鍬往潮濕的沃土裡一掘，掘出一口淺淺的小坑來，她的小閨女跟隨其後，用小手在瓢裡捏起三兩枚棕色的豆種，往小坑裡一丟，又用腳把泥土踢到坑裡，將種蓋上。田埂上，兩戶種豆的人家為了寸寬的土地而爭執著。風車的鐵纜下，它的主人已埋下了絲瓜的種子。主人拄著鍬想：到了夏天，絲瓜就會緣索而上，爬到高空裡，把一條條絲瓜懸吊著。

「你家地邊上種豆了嗎？」「東河坎上，我育了一片黃瓜苗。」「等你家南瓜苗起來了，我來移秧子。」……煙雨裡，人們到處都在談種瓜種豆。

在一條小溪邊，瓜人卻將西瓜種從一只大口袋裡一把把抓出，撒在流水裡。那種子實在是上等的，飽滿結實，且又發亮。是他去年秋天好不容易收下的。

這裡人家，今年誰也沒請他種西瓜。

瓜種在水上漂成一條黑線。他倒提口袋，將瓜種一粒不剩地全都傾瀉進溪水裡。

細茶來到棚子裡：「我和你一起走。」

這裡的人早都知道，細茶早晚會跟瓜人一起走掉的。

細茶在房裡收拾著自己的東西。

婆婆在西廂房裡敲著木魚念經。

她把東西收拾好，發癡地坐在床邊上。

瓜人將最後的槍藥裝進槍裡，朝濃稠的黑空裡放了一槍。

西廂房裡「咕咚」一聲，隨即是木魚掉在地上滾動時發出的「的的篤篤」聲。

細茶並沒在意，她想到的是那槍響：他在喚我走呢。可是屋裡靜得有點出奇，她便放下包袱，走向西廂房。她馬上看到了跌倒在地上的婆婆。她想把婆婆扶起來，可怎麼也扶不起來。婆婆是摔壞了。婆婆的臉破了，在流紫黑色的血。她把婆婆架到鋪上，用清水給婆婆擦拭血跡。婆婆一動也不動，像是太乏了，想休息了。多少天來，細茶第一次好好打量婆婆：她的頭髮全都白了，臉瘦小得如一枚桃仁，胳膊才有撥火棍一般粗細。她端來一碗水，放了些白糖，用勺餵到婆婆嘴裡。糖水流動得很慢，像是一滴一滴地在朝婆婆的軀體裡滲透著。

婆婆癱瘓了，再也不能敲木魚了，而且再也不能詛咒了。

月光下，細茶走到河灘上。

她沒有哭，把衣服脫了，一件一件丟在草叢裡……

細茶一直到天發白才回家。

過了一會兒，她就看見灰濛濛的晨霧裡，那座草棚燃燒起來。朦朧的火光背後，是他變幻不定的身影。

人們都出來看火。

火滅了，小棚子消失了。

蒼茫的田野上，一個灰色影子，用一根棍子挑著一個包袱，朝天與地的盡頭走去……

一九八四年一月十五日於北京大學二十一樓一〇六室

月黑風高

凡人皆有某種癖。菸癖，酒癖，提籠架鳥癖，吟唱癖，戀墨癖，權術癖，蜚短流長癖，集郵癖，古董癖，集火柴盒癖，集啤酒瓶癖，集破銅爛鐵臭襪子癖……越王好劍客，吳王好細腰，孟嘗君門下食客三千，也都是癖。聽說，國外還有人專好收藏名人頭髮和高官達貴假牙的。世界大，癖之多，數是數不過來的。大概，一個人倘無一兩個癖支撐著，怕是很難活得長久。

丁三的癖可能有點惡俗：好管男女偷情之事。

丁三的這一歷史始於五〇年代，其時，正是他心灰意懶、百無聊賴之際。

丁三出生於寒門尋常百姓家，但這並不妨礙他有一番直上青雲而凌飛於世的鴻鵠之志。他先如沒頭蒼蠅般在鄉里亂碰亂撞了一氣，但見無門，便欲事軍，後如願。他要弄個師長旅長的幹幹。未成，役滿，鬱鬱不得志，歸。無顏見江東父老之感，一直襲住心頭，使他數月幽閉於寒舍而不出。此時，他三十二歲，已過而立之年。前途渺茫，他幾乎就要生出自絕的念頭。倘若這時有什麼排遣之處也許會好些，然而卻竟無一處。沒有社戲，沒有電影，沒有茶館，沒有酒肆，一切能添些喜樂的鄉儀民俗皆被取締，鄉村，寂寞不堪！年輕人憋急了，一字排開，耍玩稚童時代的把戲，將那要物亮出，或比尿遠，或比尿高，或比尿時之長，大不雅。要不，比力大，到場上將石磙子扳豎起來。年輕人好勝，力不夠，大話湊，一個比一個愛吹牛，因此，時有崩胸現象發生。死不說軟話，崩胸後還說：「豎再大的磙子，我也能！」然後偷偷抓藥，暗自療理。再不，比膽大。一個姑娘在田埂上走，橫臥於野地裡曬太陽的他們中的一個道：「誰敢去摸一摸她胸前的那個嘟嘟，我出兩瓶酒！」「眞的？」「騙你孫子！」「重說！」「騙你，我是孫子！」擊掌，上，如母雞群裡一隻斜下翅膀調戲母雞的公雞一般，側著身子迎過去了：「嘻嘻……上哪兒啦？喲，胸前一個毛毛蟲！」順勢做了規定動作。姑娘微痛，忽覺出惡意，羞赧滿面，罵，然後低頭逃跑，他們就粗野放肆地笑，在野地裡滾作一團：「晚上……喝——喝酒……」比腕力，比對眼，比爬桅杆，比屏氣時間長，比吃，比喝，什麼都比，只求一樂。丁三是個軍人，不願與他們同流合污，於是無聊不堪言。後來，他想去未婚妻家小住幾日，換換落寞的心情，念頭剛起，傳過話來：不嫁了。這下，他眞正地想自殺了。夜深人靜，他走到小河邊老柳樹下。春夜，月色如銀，河光閃爍，柳煙如夢，濕潤的青草棵裡，有小蟲低吟淺唱。世界不錯。遠處，又傳來一縷笛音繚繞在耳。於是，他又想活了。

一日晚上，小時的朋友阿五突然闖了進來，一把拉住他：「走，跟我幹件事去！」

「什麼事？」

「到那兒你自然就知道。」

「不去。」

「走吧！悶在家裡也不怕憋死？」

他疑疑惑惑、稀里糊塗地跟了阿五。

出了門，阿五把他領到大河邊磚窯坯房的大樹下。

「伏下！」

「幹嘛？」

「別問，到時候你就會明白。」

伏下。

月亮漸西，夜風徐徐，天上烏雲亂走，忽見一男子的身影閃進了坯房。他正欲聲張，被阿五一手緊緊搗住嘴巴。又過一會，只見一女子東瞧西望，忸忸怩怩地過來，在坯房門口略停了停，進去了。

丁三忽然悟出了阿五現在要做一件什麼樣的大事，心便慌慌亂跳，喘氣聲也粗得難聽了。

估摸到了火候，阿五道聲：「上！」兩人直撲坯房，手電一亮，只見男的精光著身子跳後窗，落荒而逃。丁三在軍隊上學過三個月的擒拿格鬥，正有用武之地，一掃幾個月來的委頓，虎虎生氣，如風如雷，緊迫其股後，很快將那漢子攢倒，並扭住其雙臂。這裡阿五正用手電照住那女人的羞處，聽丁三押那漢子來了，便把手電光挪到她臉上。丁三一見，恰是那個拋棄了他的姑娘，不由得妒火三丈，仇恨得牙聲「格格」，揮起一拳，將那漢子擊倒在地，隨即給那女的一個狠啐。女家是講規矩的人家，其父若知，絕不輕饒，她便「撲通」下跪，求他們不要張揚，並立即淚流滿面，一副可憐模樣兒。他們丟下她走了。丁三不肯罷休，次日，與阿五一道，四下裡將昨夜坯房醜聞傳播開去。姑娘一連困在家中三年，嫁不出去，最後，只好降價處理，嫁給一個大她十三歲的醜老頭而遠走他方。這件事使丁三覺得非常解恨，並感到一種難言的滿足。

從此，丁三覺得這件事情很有點意思，以至後來成癖。

當然，幹這種事是要冒大風險的。丁三第一次單幹，就被人家狠扇了幾記耳光。這事是那麼容易的嗎？不恰到好處，不正逢火候，人家認帳嗎？此事水平高低可細分爲三檔。一檔是男女幽會，雙方已鬼鬼祟祟溜進了某個暗處，但還只是處於暱近階段，你捉了，這絕無水平。二檔是男女已經心蕩神搖，身不由己，哆嗦如秋風中的蘆葉，但身上還尚存遮掩，你捉了，這水平也只能說一般。三檔是男女正進了響雷走電、雲雨膠著之際，你忽發一聲喊衝將進去，將其二一赤身縛住，這才是最高水準。若是一檔，必有麻煩；二檔兩碰；三檔則必勝。

當然，這種檔次的區別以及成敗與檔次之關係，是丁三幾經失敗以後總結出來的。第一次，他卻是無論如何要挨打的。那一次也太沒有水平了。男的是生產隊會計，剛進了村東一個姑娘單住的旁屋，他就冒冒失失捉去了。當時，男女雙雙鈕扣尚未解一個，豈肯認帳，反過來雙雙揪住他不放。姑娘又鬧又嚷，把村裡人都引了來。男女雙方的父母兄弟也都來了。會計說：「她是勞動小組長，我是來找她登記工分的！」姑娘一見父親，嗚嗚大哭，好不傷心：「人家會計是來找我算工分的，他瞎嚼舌頭！」一片鬧烘烘，丁三早亂了方寸，腦子一片空空，只老是說一句很可笑的話：「那麼，你們待在一起幹什麼？」姑娘是個辣椒貨：「怎了，男的和女的就不能待在一起了？哪個中央規定的？你爸和你妹待在一起幹什麼？你和你媽待在一起幹什麼？」姑娘的父親把她猛一推，發一聲喊：「打他的嘴！」眾親朋呼聲一致：「打！」還未等丁三做好招架準備，那姑娘早用結實的巴掌在他的右頰上摑出一個脆脆響來。他搖晃了一下，尚未立定，左頰上又爆出一個更大的響來。接下來，她被男女家的親朋們推來搡去，並時有唾沫飛到臉上。他高昂著頭顱，把羞辱刻在心尖。

後來，他終於報了仇。他一連苦守了半個月，終於在一個黑漆漆的夜晚，以最高檔次將那男女赤身縛住，緊緊捆在了一個大石磙上。當人們沉默地望著他時，他往嘴角上掛一縷笑絲，然後如同美國西部片中的大俠客一般，把帽簷往下一拉，靜靜地離開了現場。

丁三婚後，日子十分自在。妻子長得頗有幾分姿色，溫柔儼如一頭春日裡生出的羊羔，對他百依百順，好好伺候，從不怠慢。丁三無憂無慮，便更有了閒情逸致。

農村是一個廣闊的天地，藏匿處甚多，坯房、窯洞、樹林、船上、蘆蕩、涵洞、橋下、密密的莊稼地……若夜幕降臨，又是月黑風高，那幾乎處處都可藏匿，因此，做男女的事，總要比城裡方便得多。後來，丁三看過《沙家濱》，學刁參謀長的腔調，陰陰的，老說一句可笑的話：「這麼大個沙家濱，藏起個把人來還不容易？當年，那阿慶嫂把胡司令往水缸裡這麼一藏，不就藏起來了嗎？」既然藏匿容易，這種事也就自然多些。加之，鄉下人少有其他話題，常以粗野的、赤裸裸的葷話，不分男女、不分場合地取樂，自然會勾起什麼蠢蠢的念頭。再加之鄉村的空泛、單調、閒暇和百般的無聊，再加之農事就注定了男女間容易發生摩擦，容易使一男一女離開眾人，或共駕舟子入幽深的蘆葦蕩中打葦，或在幽靜的瓜棚豆架下作業，那情調，那氛圍，是極易燃起男女之情的。此地鄉風民情的淳樸，也使男女間易於勾合。

因此，丁三有的是機會。

然而，這地方上的人，表面卻又很嚴肅，古板，一本正經，要竭力維持正統，把男女間的野情，看成是人世間最大的醜事。若是幹部被捉，輕則警告，重則革職。這地方上對幹部胡搞，一律使用一個專用名詞，叫「搞腐化」。這大概是從「作風腐化」一詞演變而來的。但在這地方上，它現在僅僅只有一個涵義：男女關係。幹部「搞腐化」，在這裡被看成是比貪污盜竊、行賄受賄之類的罪行更重的罪行。若普通男女被捉，男子命運略微好一些，但日後不得入黨、參軍、做官，女子則很難出嫁，其父母兄弟皆覺無顏。

因此，丁三幾乎成了要緊人物了。

經驗漸博，智慧日豐，丁三之術一日精於一日。如今，他要麼不捉，一捉保證是在那最佳點上。想當年在部隊上實彈演習，丁三十發子彈才勉強打中三環，可如今幹這事卻是百發百中，彈無虛發。「在這件事情上，我就是阿烏！」阿烏是誰？阿烏是這地方上的捉鼈大王。阿烏背著魚簍，往河邊上一站，用眼睛盯著水面，能從兩個很難覺察出來的小水泡泡就能斷定鼈的位置，扎一個猛子，絕不空手。他甚至能從水泡泡判斷出鼈的雌雄和重量。丁三自比阿烏，以說明自己的水平，自然是再恰當不過。當男的爲了前程向他「砰砰」磕頭，女的爲了名譽而淚流滿面向他抱腿求饒時，當看到人們圍住他的獵物而靜默觀賞或予以耍笑點弄時，他覺察到了他的力量，他的權威，他的智慧，他超出常人的心理優越。

「村裡，除了喘子不是偷腥的貓，有一個算一個，都他媽是偷雞摸狗的貨！」丁三話裡的意思很清楚：你們他媽的一個個給我放老實點！

喘子是丁三的近鄰，丁三家西窗檯上點枝蠟燭，喘子隔著自家東窗檯就能看見。因他患氣管炎，常年氣喘咻咻，稍一用力，則越發地氣喘起來，如火車頭一般，故丁三將他排除在外。

當然，丁三的話也有點言過其實。這地方上，男女之事雖時有發生，但絕不像丁三所估計的那麼嚴重，男女之大妨，一般村民都還是願意恪守清規戒律，輕易是不敢逾越的，倒常常顯得有點拘謹。不過，這裡的人都很重視丁三，卻也是事實。他們對他客氣，奉承他，恭維他，是因爲他們在心底深處對他總有三分畏懼，一絲膽寒。做這種勾當的人，不能得罪他，這容易理解。可那些規矩人正經人又何必發怵呢？道理也很簡單：丁三被公認爲是這方面的權威，只要他指出誰有這方面的事，那麼眾人就會堅信不疑。然而，丁三爲人並不都很正直，他也會因爲某人對他的偶然不恭或怠慢，或因某種需要，也會利用他在眾人心目中的地位說一些不太負責任的話——其實，一言不發，只要他將帽子往臉上一拉，這個人便說不出道不出地被抹了一臉黑。把帽子往臉上一拉，這是丁三專有的職業性動作。外村人相親來了，被相親的小夥子或姑娘若是他不悅的，他只要在外村人打聽此人的品行時，往嘴角掛一絲微笑，把帽子往臉上一拉，這門婚事就全完，儘管那事純屬子虛烏有。「只要行得正，不怕影子歪」這句常話，碰到丁三，也就只能成爲男女們的自我安慰了。至於那些沒有行動，只忽閃過這方面念頭或曾有過一瞬眉目傳情者，在丁三帽簷的陰影下射出的目光面前，自然也會在心裡疑慮：莫非讓他覺察到了嗎？這狗日的一對眼睛！

丁三很清楚他的地位，並享受著這種地位給他帶來的一切好處。

丁三幾乎是不勞動的。

隊長胡四爲人飛揚跋扈，驕橫不可一世，而獨獨在丁三面前畢恭畢敬，若如三孫。丁三不是幹部，但每開隊委會，胡四必請丁三參加。即使偶爾不請，事前事後，胡四也會殷摯地與他商討。丁三若發個脾氣，胡四一旁蹲著，不敢回嘴。當隊長的是胡四，操縱的卻是丁三。村裡誰家婚喪嫁娶，要宴請隊幹部，自然也請丁三。當然，胡四也不能讓丁三整天晃大膀子就送他工分，於是就派他養鴨去。一條小木船，一二百隻鴨，由他隨便養去。丁三拿根竹竿，輕鬆優閒自在，舒服得實在了不得。地裡，人們在喘息之中做著沉重的農事，丁三卻仰臥在荷塘畔的斜坡上，把竹竿擱在肚皮上，把頭枕在胳膊上，將帽子拉到臉上，蹺腿輕抖，哼吟小調，一邊注意覓食的鴨們，一邊卻察看著勞動的人們，若其中某男女有了祕事，或正在譜寫故事的開頭，每每總要有異常之談吐舉止，這便逃不過他的眼睛。躺在那裡的丁三，似乎比走著的丁三可怕多了。丁三的鴨養得很瘦，脖子細長，屁股很尖，羽毛稀疏，晃晃地走，樣子很可笑。到了秋後，一般人家的鴨都很生猛地下蛋了，丁三的鴨欄裡，卻一早上還撿不起十只蛋。而丁三去隊房裡用竹籮扛鴨食，卻是極勤快的。他把稻子弄到船上，晚上便移至家中。他豬圈裡的豬極肥壯。到年終，丁三的工分卻總是很高的。

即便如此，他還是要搞掉胡四。或許是胡四有意要收回面子，或許是胡四不慎疏漏，總之他把丁三得罪下了。說起來事情小如芝麻綠豆，難以上口，但於丁三來說，卻絕不能容忍。一天，公社與大隊幹部一行幾十人來隊裡檢查生產，恰逢丁三也在，胡四請菸時，就如眼中沒有丁三這個人一樣，把他落下了。丁三滿臉羞熱，心中不由升起一股不被當人的屈辱感，當下，拉下帽簷走了。

天黑後，他從門後取下一股繩索，臉上呈一派狠巴巴的表情。

妻子問：「哪去？」

「有事。」

妻子實際上早已熟悉了這一切，只是明知故問。她從不阻止他，並似乎很樂於他出門守夜去。她體貼地：「夜裡天涼，多穿點衣服。」

丁三「嗯」了一聲便出了門。

妻子目送他消失於夜色中，然後手顫顫地把一枝蠟燭點著放到西窗檯上，脫了衣服，哆嗦嗦上床去了。

至於丁三，午夜時分，和兩個伏於草垛下的體魄健壯的漢子一躍而起，衝開了村東劉寡婦的門，三把手電一齊照住了床上的胡四和劉寡婦，當即用一根繩子將他們縛了。丁三讓人看住，自己速去敲開大隊幹部的門，把大隊幹部叫了來當場過目驗收。消息傳出，寡婦這一族的人不饒胡四，打碗砸盆，差點掀了他的屋頂，並一次又一次地向上告他。一個月後，胡四的隊長職務被抹了。

胡四事發之後，丁三很得意，如數家珍一般，對眾人談他多年累積起來的經驗，說得瀟瀟灑灑，汪洋恣肆，使眾人歎爲觀止：「月色好，你得穿淺顏色的衣服；天黑，你得穿深顏色的衣服。下雪天，你去埋伏，不可在田埂、路上走，那會讓人瞧出腳印來，要從地裡走。月黑風高，你要離最近處貓著，不然，你聽不見動靜，就會錯失良機。雷雨天你要找個好地方待著，別讓閃電給照著了。碰上是大嫂，你得來硬的，結了婚的人，臉厚，你不抓她個一絲不掛，她跟你耍潑；碰上是個姑娘家，你要當心，姑娘家臉皮薄，弄不好要鬧出人命來的……」說到最後，他把臉色陡然一沉，「誰他媽的敢把我不當二百錢數，哼！」他用目光在眾人臉上一照，「一個個他媽的全在我眼裡！」說得眾人皆愕然、悚然、惶惶然。

丁三在這地方上日甚一日地變得重要了，成了這地方上舉足輕重的頭面人物。他滿足地過著日子，覺得日子一寸一寸地有意思，恨不能將日子掰開來過。正當他春風得意之時，一日，卻栽在了大隊書記阮大手中。

阮大在兩處得罪了丁三：一、阮大命令生產隊長必須改換別人放鴨，讓丁三下地幹活去；二、丁三要蓋房子，阮大不給房基。丁三第一回屈尊去求阮大。阮大不是胡四，對他置之不理，並極討厭地：「你就是把石磙說豎起來，也不行，趁早走！」

從此，丁三盯住了阮大。他堅信一條眞理：沒有不吃腥的貓。

這阮大二十歲上就跟一個姑娘相親相愛，無奈當時家貧，女家死活不肯低就，將姑娘硬嫁給了一個鄰村的軍官。男人長年服役於邊陲大漠，女人獨守空房，心中滿是寂寞，虧得阮大愛得刻骨銘心，常偷來與她共度長夜。阮大生來機靈，做什麼事情滴水不漏，不留蛛絲馬跡，這地方上竟然誰也沒有覺察出這檔子風流之事，然而卻逃不過丁三的東嗅西嗅，給聞到了。

一天晚上，他又從門後取下繩索。

「哪去？」女人照例要問。

「別管。」

「什麼時候回來？」

「怕要到五更天。」

女人見他遠走，心慌慌亂跳，把點著的蠟燭放到西窗檯上。

丁三叫了一個與阮大有仇叫周六的漢子，伏在那女家門前的瓜地裡。大約到了夜裡十二點鐘，一個人影一閃，進屋裡去了。

過了片刻，丁三一揮手：「周六，上！」兩個人便把門撞開了。手電一亮，丁三頓時呆若木雞：床上只有女人一人在睡覺，別無其他任何跡象。

原來，那阮大事先得知消息，進屋後一分鐘也沒停留，早從後窗跳出去了。

女的做突然驚醒狀，繼而驚呼：「來人哪——！」

丁三正手足無措、進退兩難，阮大卻帶著兩個民兵從門外進來了：「丁三，你要幹什麼?!」

「來捉你的奸！」

阮大陰笑：「證據何在？」

丁三無言以對。

阮大一拍桌子：「我只怕你沒有安好心吧？深更半夜的，你闖進一個孤身女人的屋裡幹什麼？還要陷害共產黨幹部！罪上加罪！」把手一揮，「把丁三綁了，扭送到公社去！」

那周六自然沒事，因爲就是他向阮大通風報信的。

丁三被公社關押了三天，又交由大隊自行處理。阮大自然會很好處理的。他不敢咬定丁三對那女人圖謀不軌。因爲，誰都知道，丁三雖對此事成癖，但從不沾女人。再則，那女人是軍人家屬，事情鬧大了，眞的驚動了司法部門，查個水落石出，那得有人下大牢的。於是，阮大只咬住一條：丁三欲要陷害共產黨幹部。阮大就將丁三困在大隊部一間四面漏風的小黑屋裡，不讓歸家，令其承認誣陷之罪過。丁三是條漢子，不認。不認？好，那就困你！丁三一天只吃三兩米稀飯和一小碟鹹菜。阮大非要把丁三整趴下不可，不然，日後丁三仍不會讓他安穩的。「我倒要看看黃牛力大還是水牛力大！」他要徹底挫傷丁三的元氣，使他從此一蹶不振。丁三日見消瘦，肥肥的腿肚子沒有了，剩下兩根棍子般的骨頭，形容日甚一日地枯槁起來，到了後來，竟瘦得如一襲魚刺。夜晚，他蜷在一條破被套裡瑟瑟發抖。望著窗外的浮雲薄月，聽著冬日寒風掠過林梢之悲鳴，他生出許多末路英雄之感慨來，不禁把淚流到枯黃的鬍鬚裡。

阮大怕丁三死了，才叫人放了他。

丁三出來了，立著像隻病鶴，風一吹搖搖晃晃。一雙手瘦得像筢草的筢子一般。兩隻眼睛鈴鐺一般大。那副樣子就比死人多口氣。

人們議論說：「丁三以後大概再也不敢了。」

不曾想，丁三回家將息了幾日，還不等元氣恢復，就又重操舊業。這天晚上，等路上沒了行人，他懷揣一瓶烈性燒酒，腋下挾著繩索，借著月色，神不知鬼不覺地潛伏到了那軍官娘子的屋後。此時正值三九嚴寒天氣，朔風呼嘯，攪下一天大雪來。丁三背靠一棵老樹背風站著，但瘦弱的身體還是抵擋不住嚴寒的侵襲，雙腿控制不住地哆嗦起來。他便從懷裡掏出酒瓶，喝了兩大口。稍過一會兒，那酒像流入了血液，他這才感到身體有點熱起來。他把耳朵貼在後窗上，聽著屋裡的動靜。過不多一會兒，酒力散去，身體再度寒冷起來，他便掏出酒瓶再喝。丁三並不感到苦。幹這種事，就得能吃苦。夏天，埋伏在草叢裡，成群的蚊蟲輪番叮咬，卻不能動彈，只能咬牙忍著。下雨天，常常淋了個落湯雞。有時，還免不了在泥濘裡爬，弄得泥牛一般。泅渡，爬牆頭，上屋頂，攀藤援樹……隨時都會有皮肉之苦。

你會問：這又何苦來呢？這你就不懂了。

丁三喝光了酒，已是深夜，天空灰濛濛一片，一鉤殘月，慘兮兮地在雲海裡翻滾著。就在丁三快沒了信心時，貼在窗上的耳朵聽見了開門的「吱呀」聲。「有戲！」他輕手輕腳地繞到屋前，側臥在雪上，爬到門口，掏出早準備好的鎖將門鎖上了，然後又爬到屋後窗下聽著。「熱乎勁到了！」丁三忽然變得凶猛有力，胳膊肘一使勁，撞開了窗子，接著一個漂亮的飛躍，跳進屋裡，不等阮大抓到衣服，裝有四節電池的長筒手電早把一束刺眼的白光將他和他懷裡的女人鎖住了。經過一番惡戰，丁三憑他在部隊上練就的一番硬功夫，到底還是將阮大制服了。此時，他也口鼻流血，精疲力竭地軟癱在地上，再也無力動彈。那女人用被子包著身子，縮在床上，羞臊地哭。丁三心裡感到很好笑。

阮大坐牢去了，要坐三年。

丁三從此也臥床不起，病了半年多，耗費藥費三百多元，方才恢復健康，下地走動。戶外，陽光甚好，到處綠茵茵的一片，空氣裡彌漫著草木香氣，濕潤的河坡上，有兩三條水牛在安閒嚼草，牧童躺在地上，用一對純淨的眼，望那高闊的天空上飄遊變幻的雲。河水綠得發藍，不時有帆船滑過，留下幾聲船家的笑聲。田野上，男女們依然興高采烈地用那些關於飲食男女的永富魅力的葷話調笑著。有個戴頭巾的女人在「郎呀郎呀」地唱歌，唱得顫顫悠悠，像走鋼絲一般，赤裸裸，肆無忌憚。

丁三覺得生命的活力，又熱烈地動蕩於周身。

一年一年地過去了，歲月把丁三琢成了個老人。他背駝下來，頭髮開始花白，帽簷下藏著的眼睛所發出的光，不再像從前那麼森森地讓人寒冷和害怕了，那軍人生活中留下的虎勢闊步，也變得有點蹣跚。過去，那對胳膊在走動時總是前後擺動，劃出風來，現在卻像停了的鐘擺，垂在身體的兩側。但他的精神依然還是那麼健旺。一旦碰上那種事情，他照樣能像野兔一樣，一路溜出煙來。在這地方上，他仍然很好地維持著自己的地位。

到了五十五歲上，他才遭到他這一生中最沉重的打擊——

有一度時間，他感到生活十分地無聊和寂寞。那種男女事情竟然那麼長久地沒有發生。或許是他自己的目光穿透力衰減了，或許是那些人學得狡猾了，反正，總是抓不住線索。丁三覺得生活少了什麼，閒得心裡空空蕩蕩地難受，日子很不好過。他覺得自己沒有用了，人們就要把他忘了。他甚至覺得別人的生活過得也很無聊和寂寞，有點替他們惋惜。他很想給大家的生活添點熱鬧，讓日子變得有點味道——一個個像潭死水似地活著，也太沒勁了！

丁三竟然很巧妙地做起「拉皮條」的事情來，讓一對男女「勾」上了。然而，當他們共創好事時，他卻又將他們雙雙縛了。

他絕沒有想到這回徹底地栽了：那姑娘喝了一大海碗公鹽滷，死了。

丁三聽到消息已嚇得半死。

姑娘家是個大戶，單父輩就有弟兄八個。八戶人家又有男兒二十。一個個皆肩寬膀圓，身強力壯，其中還有幾個帶著十足的野性，一行走出，讓人無由地膽寒。其中一個一聲嚷：「鬧去！」抬著屍體，男男女女，呼呼拉拉一行，朝丁三家席捲而來。

丁三聞風，屎嚇在褲裡，掙扎了半天，才總算溜進屋後葦塘裡藏起來。

打得片甲不留。這夥人把姑娘的屍體抬到丁三家，緊接著，見東西就砸就打，片刻工夫，就把丁三屋裡

丁三的女人嚇得縮作一團，連哭都不敢哭一聲。

八戶人家就這麼一個寶貝姑娘，平日裡，被一大家人當眼珠子一樣護著，現在她卻死了！

「揭屋頂！」幾個哥哥抓了把叉子就爬上屋，把茅草一叉一叉往下拋，不一會，屋頂就被揭開一個大天窗。

丁三的女人哭了。

不哭反而不要緊，一哭倒使姑娘家的人想起她來了，把她拽到死者跟前，命令她跪下。

胡四在人群中出現了，擠到姑娘家人當中，小聲說：「丁三藏在葦塘裡。」

於是，一夥人跑進葦塘，把丁三找了出來，拖死狗一般把他拖了回來。

「還不打！」一直在鄉裡閒晃的阮大說。

於是，男女老少爭先恐後，對丁三拳腳相加，直把他打得背過氣去。有人叫來了醫生，掐了半天人中，方才把他掐活。

姑娘家的人，見丁三家已是一片狼藉，這才抬著姑娘的屍體一路哭回去。

丁三醒來時，周圍已一片安靜，只有女人在一旁有氣無力地哭泣。他躺在地上，透過敞

開的屋頂，看到了一片瓦藍的天空，有一行大雁正緩緩飛去。不知過了多久，他掙扎著坐了起來，望望地上的瓦礫、亂撒的稻麥、滿地流淌的醬油、糞便、衣服被子的灰燼、東倒西歪的桌凳，丁三心裡一陣酸楚。

一場洗劫呀！丁三哭了。

親戚們幫他補上屋頂，丁三才又勉強住進去。可丁三這回是被打傷了，不能下榻了，並且病情一日一日地嚴重起來。拖了三個月，已骨瘦如柴，皮包骨頭，臉上黃得發亮，說話半天一句，像蚊子哼唧。又過了幾天，眼睛就睜不開了。黑暗裡，丁三模模糊糊地想著他這一輩子的事，幾多興奮，幾多快樂，覺得這一輩子做了許多大事，沒枉做一個男子漢。再想想現在，心裡不免生出許多悲涼。

這天晚上，他睜開眼，見一枝蠟燭點著放在窗檯上，心裡有點奇怪，問妻子：「怎麼把蠟燭放在窗檯上？」

「不然往哪兒放？」妻子端了蠟燭進東房間去了，順手關上了西房間的門。

不一會，閃進一個人來。

丁三妻子明白：喘子來了。

這喘子是這地方上唯一的一個念過十年書的人，寫一手好毛筆字，過年時，這地方上的對聯皆出自他之手。他性情也很好。做小學教師那會兒，他就跟她好。後來，他得了喘病，她家裡不敢把她嫁給他了。喘子終於喘得不能做教師了，就拿幾十塊錢在家閒著。他和她一直未斷，每當看到西窗檯上有燭光時，他就會過來。

「你在房裡幹什麼哪？」丁三聲若游絲。

「幹活哩！」

「噢……」丁三的聲音越發微弱，像是要睡著了。

丁三直到臨死，也不知道自己的老婆一直在偷漢。

一九八五年十月於北京大學二十一樓一〇六室

蘆荻秋

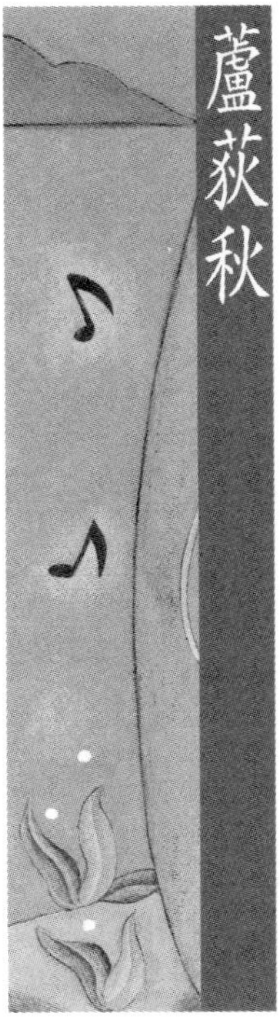

一

這裡，溝河水汊，縱橫交錯，橫七豎八，好似人的血脈經絡。這裡的人開門見水，見船，見橋，更見水邊到處長著的蘆荻。水源豐富，土地肥沃，那蘆荻長得蓬勃旺盛，轟轟隆隆。細者爲蘆，粗者爲荻，常常混長在一起，其用途大同小異。

這地方上的人，生路與這裡的蘆荻有割不斷的關係。每年端午節前夕，家家戶戶、老老小小，一起出動剝蘆葉，然後紮成把運到城裡，賣給城裡人裹粽子。這裡的蘆葉寬大且長，裹出的粽子，綠如翡翠，那米粒晶瑩透明，味道也好。秋後，這蘆荻一片金黃，或丈量面積後由外地人交錢自割去蓋房，或自己留下，在這蘆荻上鬧出各式各樣的錢路來：男人們用手扶著一根拉在兩樹間的草繩，腳下來回蹬動著石磙，把蘆荻碾破，女人們便用它編成席子、籃子、斗笠……五花八門，然後則不分男女老少，四出賣去。這裡的蘆花鞋（用草和蘆花編成），方圓百十里很有名氣。

這地方上的人，都指望著這些到處亂長著的蘆荻，並因這份得天獨厚而自得其樂。

然而，現在有一位叫盧德富的，卻很有點看不起它們了。他端著一只擦得鋥亮的黃銅水菸壺，睥睨著院外的一切：都是些沒見過世面的蠢貨！心窩子也太容易滿！指望著這片爛蘆荻發大財？去它的鬼吧！我盧德富才不指望掙這些蘆荻錢呢，我盧德富要麼不掙，要掙就掙個沈萬山（這一帶過去的百萬富翁）。

盧家就坐落在一片濃蔭匝地的蘆荻叢中。

盧德富正品著菸，院外五丫頭喊起來：

「機器回來啦！」

盧家人聞聲，傾巢出動，擁到河邊。盧德富的三兒子野滿落帆倒桅，匆匆跑到船艄一扳舵，大船便慢慢靠近了碼頭。一家人，眼睛一律熠熠發亮：船頭上，穩穩立著一台機器！

這是一台縫製覆蓋糧囤、貨車、貨船油布的舊機器，乍看上去只是一堆生滿鏽斑的廢鐵而已。可不管怎麼說，它是機器！這是野滿通過門子買來的。別看不起眼，一千多塊錢票子貼在上面了。這地方上過小日子的莊稼人，一般是不敢這樣大膽作為的。本來，當把這些同樣也是靠野滿的路子運回來的舊油布上的裂口破洞綴上補好，塗抹些桐油，再運回海濱農場時，一筆收入也就足以使本地人垂涎、動心了，可盧家人眼眶大，心路寬，有「鴻鵠之志」，他們想用機器縫製新的油布賺更大的錢，反正有原料，有人手，也有大好的銷路。

私人擁有機器，使這裡的莊稼人感到太驚愕，太突然，太刺激了！試想，當它一旦轟鳴運轉起來，這戶人家將會怎樣呢？

「一個個木雞似的呆著幹什麼？抬呀！」盧德富激動地發了個小脾氣。

於是，結實的麻繩、粗碩的杠子、兒女們強健的肩膀和雙手，使這台機器離開了大船。不知是因爲它的笨重，還是這家人因爲心情亢奮、歡愉，竟煞有介事地打起號子：「咳唷！咳唷！」用勁呼喊著。

這帶著幾絲挑逗意味的呼聲，癢癢地、不可遏制地撩撥著大河兩岸的人心。黑狗赤著腳，肩扛魚網，背著魚簍，頭戴一頂破爛得露出頂髮的斗笠，見人就說俏皮話：「盧家這回是老太太踩電門——抖起來了！」

盧德富袖手一旁，粗長的灰白眉毛下，那一雙瞇縫著的老眼，透出幾分泰然、自得和傲慢。他板著臉。他是一家之主，主人就得有主人的威嚴。

兒女們抬著機器，沿著臺階，弓著脊背，艱難地向上登著。

盧德富抬起頭來，偶然一瞥，看到河東被蘆荻遮掩著的水碼頭上站著一個提著水桶的女人。灰白的眉毛在他高高的眉棱上抖動了一下。他連吸了幾口水菸，掉頭衝著兒女們：「別一個個病貓哼哼！幾天沒吃飯啦？聲音大點！大點!!」他把菸壺交給五丫頭，往粗糙的大手上「噗」地啐了一口唾沫，彎下身去，用手托著機器：「哎唷呵——！」

「哎唷呵——！」

一家人狠勁用著力，臉紅脖子粗地打著號子。那聲音足以使所有人感到震動。水碼頭上，那個女人在聲浪裡低下頭去，提著空水桶慢慢地轉回家去了……

二

這是大隊書記楊槐青的住宅：

房屋四周青枝翠蔓，蒙絡搖綴，參差披覆；穿過一片竹林，見一高高的門樓；跨過門檻，便見一方深院；站到院中，可見四間青磚小瓦房。屋脊兩頭翹起，比一般人家翹得要更高些。

楊槐青躺在竹椅上，身邊的矮桌上大包小包的放著一堆藥。他用手指掐著太陽穴——他腦子疼。打那年苦夏他疼得暈倒在水田裡，至今藥物沒斷，這疼痛時重時輕，斷斷續續，並且似乎在逐漸加重。

這是一位身材瘦小的人。這裡的人形容：「一把抓起來，可以從河東扔到河西。」可這位，在過去卻是有名的硬茬子。身高一米六〇，可一舉手一投足，卻有那麼一股世人不及的魄力和狠勁，他將他的天下整治得鐵桶一般。黑狗曾經笑嘻嘻地跟他開玩笑：「狗見了你都不敢大聲汪汪。」

單從誰家婚喪喜事請客，老太爺、舅太公也得將首席讓出由他來坐這一件事，就足見他在這裡的至高無上的地位。每逢這種時刻，他照例要謙讓一下，但這只是一種姿態而已，主人家說「這哪能呢」，他也就坐下了。他有他的身分，他知道他應當坐在什麼席位上。縱然十八張八仙桌一起擺開，他也能根據這地方上有關桌縫、方位等關目，一眼看出首席何在，然後，一邊向客人們點頭打招呼，一邊從容不迫地走上去。主人也是不會讓他丟面子，早私下裡給廚師包上一個紅包，讓他去暗示了。那廚師擦著桌子，見他來了，擦著擦著，把抹布往那兒一拍。他心裡便有數了，知道了屬於他的位置在哪裡。

可是這世道說變，突然一下子就變了，都沒有一點跡象。

百姓們立即換了另樣的嘴臉。他們不再奉承他了——憑什麼奉承他？還一個個站出來指責他，話說得很刺耳：「都快折騰得我們賣棺材板了！」一盆子屎全都扣在了他頭上。他心裡頗冤屈：就說把蘆葦挖了改稻田吧，就說不准人編籃子、編蘆席賣吧，也不是我楊槐青的主張呀！百姓們管不了八竿子打不著的，他們只認眼睛挨著鼻子的他。忽地又是一陣風，包產了，磨豆腐、開染坊、大河小河支魚網……他的天下像斷了鐵箍的木盆，「唏哩嘩啦」，說散就散了。地還是那片地，然而，他已不能披著衣服腳下生風地走在田埂上，手一揮：「這塊地種『珍珠矮』！」再一揮：「那塊地種『菲律賓雜交二號』！」也不再有人三天兩日厚皮賴臉地往他門上跑，跟他磨救濟了。那時，他總是彈彈菸灰說：「先回去吧，等研究研究。」現在，也不用他費心研究了。

更使他無法忍受的是原先在他跟前不敢大聲喘氣的盧德富之流，竟也不再「規規矩矩」，並且，越發有恃無恐！……

隨著空洞的水桶聲，他的女人走進來了。

「河西在吆喝什麼哪？」他問。

「盧家弄回一台機器。」女人說。

「機器？」

「吃藥吧。」

他歪頭看著矮桌上一堆藥，臉上漸漸生出一副黯然神傷的情緒。

河西的聲音更響了。

「把院門關上！」

女人照此辦理。可聲音還是從窗子裡一陣一陣地執拗地湧進來，尤其是盧德富那蒼啞渾沉的聲音。

「我有點涼，把窗子關上吧。」

女人疑惑地望著他。

「我說把窗子關上，聽見嗎？」

女人不願意惹病人生氣，就又趕緊照此辦理。

「黑翠呢？」

「上河西去了。」

「我說過不讓她上河西去的，聾啦？」

「我又不能用繩子拴住她。」女人嘟囔著，「人家老子，不也摘了帽子。」

「摘了帽子？」他顯出一副「慢慢走著瞧」的臉相來。

「你還能把人家怎麼樣嗎？」

「我當然不能！我能把他怎麼樣？我就沒想過要把他怎麼樣！」

三

機器雖然老掉了牙，但一旦「轟隆隆」地運轉起來，仍有人力不及的威力，照樣能使盧家上下忙得腳後跟打著屁股。

五丫頭已不止一次地躺在油布上發出怨言：「把人腰累斷啦！」

這天，大腳老婆也累得實在夠嗆了，讓五丫頭關了機器，嘟嘟囔囔地從屋裡走出來：

「嘴大喉嚨小，別吞不了卡在嗓眼裡，上不來下不去的。」

盧德富看了一眼老婆：「別他媽怨聲連天的！我知道要請幾個幫工。」請誰？請誰都可以，如今不缺閒人。但，這其中有一個人，他是很費心思考慮過的。他抽著菸，水在菸壺裡「呼嚕呼嚕」地跳動著。抽完一袋，他又重裝上，「噗」的一口吹燃了手中的紙芒，沉默了半天：

「請河東那家子。」

「誰？你——你說誰？」

「河東那家子。」

大腳老婆直愣愣地瞪著盧德富，突然，她一跺大腳，幾乎用吶喊的聲音叫起來：「錢叫蛀蟲蛀啦？天下人死絕啦？讓她來？你殺我一刀！」

盧德富掉過頭來，輕蔑地乜了老婆一眼：眞是個娘們！

大腳老婆一下被勾起往事，清水鼻涕早堵了兩鼻孔。她擤了一把鼻涕，眼淚汩汩湧出來：「被人家騎在脖子上幾十年，三天飽飯一吃，就忘在腦勺後頭了……」

盧德富將頭沉沉地垂下去……

盧德富年輕時，家境十分貧窮。

他隻身一人到外闖蕩去了，一去好些年。去時還是個身體單薄的孩子，回來時，已是一個體格健壯的漢子，還帶回個大腳老婆。他回家不出三天，老叔叔走路走得好好的，腳底下被什麼絆了一下，跌倒了就沒有爬起來，被人發現時，已只剩一口氣了，人們趕緊給他穿上衣服，送到高鋪上。他額上已經放光，可他突然把眼睛睜開了，垂死的目光一動不動地落在盧德富的頭髮上。老人們立即明白了：老守財奴儘管有一片田地，兩幢青磚瓦房，可膝下無小，他想侄兒能割下一綹頭髮，在他封棺時塞釘。老人們趕緊去對盧德富的父親說，可盧德富的父親就是不開口：這兄弟好著時，心黑著呢，哪怕侄子出去要飯都不肯給一點幫扶。

老叔叔的目光從盧德富的頭髮上，慢慢移到他的眼睛上。盧德富浪跡天涯，在船上做過水手，在碼頭上扛過活，在上海灘拉過黃包車，吃過苦，交過朋友，人也漸漸變得豁達、豪爽、仗義，變得比這地方上的一般莊稼人要重感情。他避開了老叔叔的目光，走到父親身邊：「他說話就要走了，別記恨他了。」父親沒有吭聲。當著老守財奴的面，盧德富用剪子鉸下一綹頭髮來……

不曾想，就這一綹輕飄飄的頭髮，壓得他日後幾十年都不能抬起頭來。

沒等地裡的莊稼成熟，土改開始了。按照這地方上的規矩，盧德富便理所當然是叔叔產業的繼承人。劃成分時，他被劃為富農。如果盧德富目光遠大，料到那頂帽子在日後會給他帶來什麼，鬧騰幾下，當時或許就能甩掉那頂帽子。但他仗著在外見過世面，就什麼事都不在乎。等他意識到這頂帽子有多重的分量而再想開脫時，已晚了。

而他最大的疏忽卻是常常公然地冒犯楊槐青。他竟敢當著那麼多人的面耍笑楊槐青個頭矮小，說他只有褲襠裡那個東西長。沒想到楊槐青借勢，三下兩下就將他整趴在了地上。幾乎每年的大年初一，他都要被罰到人流如鯽的橋邊擔土墊橋頭。那天，人都不在屋裡待著，來來往往地打橋上過，他臉上掛不住，要不是想到屁股後邊還有一趟老小，他很可能會一頭撞在橋墩上。

現在，盧德富只指望幾個孩子日後能站起來。他領著老婆和兩個大孩子拚命幹活，一心想著掙錢供幾個小的上學讀書。那天，他白天幹了一整天，夜裡又接著趕牛打場，半夜裡，實在困乏，抓著牛的繮繩跟著石磙竟然睡著了，一頭倒在鋪開的稻子上。水牛依舊不緊不慢地跑過來，一腳踩在他的小腿上，疼得他滿場滾動，血將稻子染紅了。他在家躺了一個月。後來傷雖好了，但還是留下殘疾，至今走路，還微微有點跛……

大腳老婆把鼻涕甩得很響：「野滿在家待不下去，十五歲就跟人家學手藝，在外頭九年……」

盧德富的臉上泛著清冽的光：「去請河東那家！」

兒女們堅決站在母親一邊。

盧德富把水菸壺往桌上一擱：「老子說的，請河東那家！」

一家人誰也不敢言語了。

五丫頭低聲說：「我去。」

「你是個丫頭家！」他看了一眼大兒子，揮了揮手，「兒子去！」

老大順從地走了。

「回來！」盧德富又喝住了大兒子。他把衣服扣一一繫好，走出院子——他要親自出馬。

老婆和兒女們都擁到門口。

盧德富雙手倒背，邁著微跛的腿，發出踢篤踢篤的腳步聲……

四

當盧德富走到楊槐青的大牆下，望著高高的門檻和深深的大院時，那氣壯如牛的架勢卻頓減三分。他甚至感到幾分氣虛，幾分膽怯，差點要去倚靠一下牆壁。

即使他盧德富，後來也不得不承認，矮小不起眼的楊槐青，確實是一個十分強悍有力的人物。盧德富記得，那年刨葦造田，百姓們都袖手不幹，楊槐青二話沒說，自己找把最沉的耙子，先把自家的自留葦翻了。他女人站在一旁落淚，他用手指著：「婊子養的，再流貓尿，我就一耙子將你耙死！」接著，他又去翻集體的葦子。太陽炎炎，他光頭赤背。黑翠給他送水，他一揚手，把水壺打翻在地。腳被葦根幾乎戳穿了，血流如注，他包也不包，還是不停地扔耙子，喉嚨裡「呼哧呼哧」地響。先是有幾個人拿了耙子下了葦田，接著眾人就都下了葦田。

這矮子的形象，像釘子一樣釘在了這一帶人的心裡。

盧德富又看了一眼深深的大院。至今，他從沒跨過這個門檻，只是在院門外低頭等過楊槐青兩回。

傳來一陣楊槐青的濁重的咳嗽聲。

盧德富張了一下嘴，竟掉頭朝原路走了。走到橋頭，他突然對自己生起氣來：「呸！」往河裡啐了一口。他看到，立即就有幾條小魚來吃他的唾沫。

對岸，機器在他的茅屋裡「轟隆隆」地響著。那聲音畢竟是雄壯的。

他點了一支菸，一口接一口地抽完，把菸蒂往地上一扔，繫緊褲帶，掉頭又走回到楊槐青的大門前：

「書記在家嗎？」

楊槐青的女人走出屋。

盧德富得體地點點頭：「書記在家嗎？」

「在。」

盧德富拂了拂衣袖，提了一下衣領，舉步跨進院子。

楊槐青聞聲，迅捷地從躺椅上起來，把手邊一堆藥統統擼進抽屜，然後披上衣服，用手抹一把疲憊憔悴的臉，重又正襟危坐在椅子上。

「書記。」盧德富不等主人招呼，便大大方方地踏將進來。

「有什麼事嗎？」

盧德富拔出一支菸遞過來：「我能有什麼大事。」

楊槐青頭也不抬地用手推了兩下，無奈盧德富執拗地要將菸塞過來，只好接住，卻又不屑一顧地將菸放在了水跡斑斑的桌上。

盧德富自己給自己點上菸後，甩了甩火柴，往地上一丟：「老三從外面拉了根線，不斷從外面搞回幾塊油布來，前些日子又弄回一台機器，這你是知道的。」

「恭喜你發大財呀。」

「書記不要見笑，一家人忙得屁滾尿流，也忙不贏。我想請幾位鄉親幫忙。」

「現在也不用批准了。」

「允許雇工，上頭早傳下話了，書記當然會給我圓場子的。」他吹了吹菸灰，「我來只給書記一句話：如果書記您能看著這不算得罪人的話，我想請您家裡到河西去。」

楊槐青的臉色頓時鐵青。

屋裡靜得令人窒息。遠遠地，傳來黑狗的小調聲：「月亮呀一出是十五，兩條賭棍呀把個錢來賭……。」

「書記您肯給我個面子嗎？」

楊槐青的兩隻手分別放在躺椅左右的扶手上。這是一雙瘦小乾癟而黝黑的手，左手的食指和中指被菸熏得焦黃。這雙透出一股野性的手微微有點顫抖。過了一陣，它才又平靜下來，開始在扶手上彈動起來，屋子裡就只有「篤篤篤」的聲音。

盧德富不由自主地恐慌了，立即起身：「書記，你忙著。」說罷抬腿就走。走到院門口，見到太陽和一片天空，他喘了一口氣，掉頭留下一句話：「我留一空缺。至於工資，都是老鄉親，好說。再說，書記娘子我能虧了嗎？說多了不敢，給雙份，窮不死我盧德富。」

楊槐青無言地看著盧德富顛顛遠去的背影。

黑翠從河西回來了，在鏡子面前撩著紛亂的頭髮。

黑翠和盧德富家的老三野滿從小一個河東，一個河西，喝一河水長大。夏日下河洗澡，秋天到蘆荻叢裡撿野鴨蛋，捉迷藏，過家家，儼然像一對天真的犬仔，隨時隨地嬉逗。後來，兩個人一起考上離這裡八里路的中學，又一路去一路來。再後來，野滿離鄉獨自去了，黑翠則把她一顆心緊緊縛在這個遠去的少年身上。如今，黑翠已出落成一個眞正的大姑娘。按這地方上的審美標準，算得上是一個體面姑娘：個大，眼睛水靈有神，臉紅得滴血一般，頭髮多而黑，有手勁。這裡的人特別講究女人臀大身肥。而這一切，黑翠都具備，就只是黑了一點。野滿在外漂泊九年，身上具有這地方上的一般年輕男人所沒有的氣質。他像當年的父親一樣豪爽、豁達、大度、講義氣和尊嚴，但卻沒有父親的狂傲與陰冷。

黑翠梳著她二十三歲大姑娘的粗辮子。

楊槐青衝著她的後背：「你再去河西，小心砸斷你的腿！」

黑翠把粗辮子往後一甩，將自己的房門關上了。

夕陽西下，微弱的餘暉從西窗投進屋裡，照在他蒼白而陰鬱的臉上……

五

過了幾日，楊槐青的女人走進了盧家院子。

當消息一經證實，這一帶人被大大地震撼了。田頭、場頭、船頭、院落……人們一個個滴溜溜地轉動著眼睛，神情異樣地在嘀咕。

當楊槐青的女人站在這台破舊的機器前，耳邊響著「轟隆隆」的機器聲時，她突然感到了一陣前所未有的心慌意亂。

主人絲毫也沒有輕慢、鄙夷的意思，一腔熱情，甚至仍然顯出幾分好意：「黑翠她媽，你來，就給了我們好大的面子。多多歇著。五丫頭，給你嬸子端碗糖水！」

兒女們早得到盧德富「以禮相待」的指令，因此，一個個和顏悅色，嬸子長嬸子短地叫著。

她是背著楊槐青來盧家的。當楊槐青從三丫頭嘴裡得知她的去向時，氣得將一桌子藥都擼到了地上。他並沒有派三丫頭去把她叫回，而是紋絲不動地坐在椅子上。

中午，女人回來了，迎接她的是一記清脆的耳光。

「婊子養的，沒骨相，賤胚子！還回來幹嘛？滾出去！」衣服從楊槐青瘦削的肩上滑落下來。

三丫頭嚇哭了。其餘孩子都受了驚，擠到牆角裡。

這女人最大的能耐就是甩鼻涕抹眼淚。她一邊哭，一邊哀哀地訴說著：

「那二畝八分地，耕耙點播，哪樣不靠自己？你跑了幾十年的田埂，手一舞，是讓人下地的。讓你站到地裡，你拉不下臉來。這麼些年，我也沒下過地，啥也不諳，家裡又缺人手。人家地裡，稻穗肥得像狗尾巴，看咱地裡，魚刺一樣豎著幾根根。你三天兩日跑醫院，一撒手十塊八塊。往日，還斷不了有人上門，臨走撂下些東西。現在，門前清清爽爽。逢年過節，人情鄉禮，手頭常短。日子愁人，你甩手不管，我也不管嗎？……」

楊槐青頭疼得直出冷汗。

絮絮叨叨的女人抹去眼淚，把他扶到床上。

夜間，他疼痛難熬，在床上輾轉反側，呻吟不止。黑翠拉小三做伴，把大隊醫生叫來，給他打了一針止痛藥水，疼痛才稍微緩和些。

夜風習習，從窗口吹進屋裡。他睡不著，瞇縫著眼睛，輕聲喘息著。夜，黑沉沉的。樹上的鵓鴣，半夜裡叫起來，聲音裡透著哀怨。天要颳風下雨。

女人用手撫摸著他鬆弛無力的小腿肚，愁日子，愁男人的病。

楊槐青爲白天打她一記耳光，而在心裡感到負疚：「睡吧。」

西房裡的黑翠，在夢中發出歎息。

「啥時天亮呢？」楊槐青巴望著。

「還早。」

「我說腦子裡不自在有多長時間啦？」

「有些日子了。」

對岸傳來盧家院子裡的機器聲：活多，正加班加點。

翌日，他不等天晴，從大隊五金廠取出一筆款子，讓在大隊跑腿的三呆子陪著他，直發蘇州城，看病去了。

過了幾日，女人惦記著他借的三百塊錢，「這口坑用啥填？」又默默走進盧家小院。

主人依舊笑臉相迎，十分誠懇。

六

盛夏，是此地田園風光最佳季節。這時，河兩岸的蘆荻綠得發黑，傍水農家，掩映在一片綠蔭裡。家家門前搭起小敞棚，上面爬滿豆莢、絲瓜，翠蔓上開著紫的、白的、黃的小花。池塘中，菱角、雞頭、藕，把水面嚴嚴蓋滿，偶漏一空，水深而藍，使人感到涼爽，沁人肺腑。

有人說，有好幾天看不到楊槐青了，就有更多的人說，是有好些日子見不到楊槐青了。這裡的人有點想念他。

他終於在一個黃昏裡歸來了。在地裡幹活和在河裡攪水草的人，凡看見的，都走到他面前。他格外清瘦、蒼老，顴骨突出，嘴癟了，眼圈發黑，眼神黯淡，一頭黑髮，全都白了，彷彿落了一層霜。

人們問：「是什麼病呀？」

「沒大病，吃點藥，就好了。」他笑聲朗朗，將一把糖果分給兩三個光腚的小孩。

第二天，當人們還在床上賴著時，就聽楊槐青在喇叭裡喊開了：「大家注意了……」人們已有很長時間沒從喇叭裡聽到楊槐青拖著長音的講話了，都感到新奇。

黑狗一邊剎褲子，一邊往外跑，放開嗓門：「各位聽眾注意了！……」說完，用手拍了拍光光的胸脯，像城裡人早晨起來那樣伸伸胳膊，又難看地打了個呵欠。

楊槐青腰桿筆直地走在河東河西。五金廠、粉坊、學校、小商店，化肥、農藥、計畫生育……他一把攬過，他臉上顯出一種冷淡、鎮定和堅決。

楊槐青還下令各生產隊不得將農船借予盧家裝運油布，並親自向盧德富宣布，盧家必須每年向生產隊繳納一千五百元公益金，一個子兒不得少給……

盧德富不吐一個「不」字，只是常常獨自一人蹲在河邊上，盯著楊家院子，一蹲幾個鐘頭。

盧家的兒女們，把機器弄得格外響。

這天，大腳老婆不知被楊槐青的什麼新精神弄急了，趿拉著鞋，四五件衣領一律敞開，站到河邊上，不指名道姓，罵罵咧咧：「斷子絕孫的，沒你個好死！……」

楊槐青正吃飯，聽到了罵聲，筷子從手中落在了桌上。

女人驚慌地扶住他。

楊槐青把碗推到一邊，披起衣服，煩惱地走出院子。

黑翠回來了。

「你哪兒去了？」楊槐青問。

黑翠繼續往家走。

「我問你哪兒去了？」

黑翠不怕：「去河西了。」

楊槐青順手操起倚在院牆上的扁擔，向黑翠的腰部打過來。

黑翠跌倒了，半天起不來。過了一會兒，她扭頭朝楊槐青看了一眼，掙扎著爬起來，一手扶著腰，一手扶著牆，哭著，慢慢走進院子。

這天黃昏，黑翠，挎著個包袱出了門。

「黑翠——！」楊槐青的女人急急追去。

楊槐青怒吼著，喝住了女人……

好事嘴饞的媒婆們，聽說楊槐青死活不肯將閨女嫁給盧德富家老三，把閨女都打跑了，便乘虛而入，把盧家門檻踏去一截。

大腳老婆把清水鼻涕甩得更響：「誰稀罕他家丫頭！黑得鍋底似的！」

不想，盧德富卻抱拳向媒人們一一作揖，施九十度大禮，再三謝她們一番好意。等媒人們悻悻而去，大腳老婆嚷開了：「你瘋啦？幹嘛回絕人家！」

盧德富丟女人一個白眼，只抽菸不吱聲。

這地方上的鄉風淳樸，人都好客，喜歡朋友，喜歡熱鬧。單說過年，臘月頭上就開始忙碌了：殺豬、舂米、刨茨菇、淘乾魚塘取魚……以後各家互請，直吃到正月十五，看看天已轉暖，方才惦記起收拾農具春耕。這地方上的鄉風又很刁鑽強悍，人人好勝，凡事愛端架子，愛擺譜，愛搶上風，殺他一刀也絕不肯丟下氣。誰丟下氣，就矮人三分，滿臉無光，一輩子讓人背後笑話。因此這裡的日常生活裡總有點勾心鬥角的意味。某人屋前的鄰居蓋新房，若是房屋高度超過他家一寸，覺得壓了他家，很可能全家人就會捲袖而上，動手就打，上房揭瓦。就爲這高出的一寸，能幾代人一直打下去。兩條接新娘子的船碰巧行到一條河裡，則一定一個不讓一個，玩命搶先，最後那些撐新娘船的漢子，往往總是免不了揮舞竹篙，互相打將起來，弄得滿河濺著水花，淋得艙中新娘一身水，如同落湯雞。兩岸的人則助威吶喊，痛快不已。敗下的那艘船上的水手，以後就別再指望有人家請他們了。那筵席更是亮面子的地方，該坐首席而未得，碰上火氣大點的主兒，必定掀翻筵席，罵罵咧咧，拂袖而去。主人若不重擺筵席賠禮，他就爲丟臉的事而一輩子不寬恕你……

盧德富走南闖北，是人頭裡的人，越發崇尚這種精神。當大腳老婆不打算放棄喋喋不休的嘮叨時，他把水菸壺往桌上一拍：「仙女公主不娶，偏要娶他家丫頭做兒媳！」

黑翠在親戚家住了幾天，居然自己跑上盧家門來了。

盧德富立即七碗八盤地擺了一桌，請來兩個能把死人說活的媒婆，勸黑翠立即與野滿成婚。黑翠天性倔脾氣，與她老子如出一轍。那一扁擔又將她打急了，加上幾個小姑子一親熱，心裡說：「大不了，斷了這份父女情！」

盧家藏著黑翠，不露半點風聲地張羅開了。隔了三日，突然舉行婚禮。這天晚上，盧家院子裡高懸兩盞耀眼的汽油燈，七姑八姨，親戚摯友，從四面八方紛紛趕來，河邊上擠滿了大大小小的船隻。盧德富穿著大腳老婆新縫製的不太合身的衣服，站在門口笑容可掬地迎接客人。時辰到了，鞭炮聲在夜空中「劈哩啪啦」亂響，四支喇叭「嗚嗚哇哇」一齊鳴奏……

當小兩口放下新房的紅門帘時，河那邊，楊槐青昏厥了過去……

七

黑翠來到醫院，要看父親，母親說：「你想讓他早死，你就去看。」黑翠抱著廊下柱子，一邊哭，一邊順著柱子滑跌在地上。

病室的後窗下蹲著野滿。

黑狗到屋後小解，見到野滿，一邊抖他的「小老爺」，一邊罵：「渾蛋！」

「罵誰？」

黑狗低頭看了看：「罵它。不能罵嗎？」剎了剎褲子，走了。

盧家暫時沒有了機器聲。盧德富默默地蹲在河邊上。

對岸的碼頭上，傳來小孩的哭聲。

盧德富抬頭望去，只見楊槐青十歲的三丫頭抱著五歲的四小子正坐在碼頭上，朝河上眼巴巴地望——楊槐青是黑狗用船送到醫院的。兩個孩子都哭過，瘦巴巴的小臉髒乎乎的。四小子餓了，哭著要吃的，要媽媽。三丫頭一邊用膝蓋顛著他，一邊哄：「小四乖呀，船快回來啦……」

盧德富轉身進了院子，坐在凳上，悶頭抽著菸。

院門被猛地推開了，三兒子野滿立在門口。他用眼睛看著父親。

盧德富突然站起來：「你個雜種，再這樣看我！」

「人心不能太刻毒！」

盧德富的手哆嗦起來，舉起水菸壺：「我——我砸死你！」

「你砸啊！你砸啊！」。

盧德富氣喘著，突然把菸壺砸了過去。

野滿沒有躲閃，菸壺擊在額上，他晃蕩了兩下，又站住了，額上流出血來。

八

這是一個晴和的天氣。

已經從醫院回到了家中的楊槐青，覺得今天心情不錯，讓女人和孩子們把他扶到睡椅上。陽光從門裡照到他臉上。多日不見陽光，他感到有點晃眼，閉了一會兒眼睛，才漸漸適應。秋後的陽光，顯得很溫和。他心裡覺得熨貼、舒適。正是收穫季節。楊槐青渴望到田埂上走一走，他想看看地，看看渠，看看水，看看莊稼。

「孩子他媽，你去後邊把黑狗和三喜子叫來。」

「有事？」

他點點頭。

黑狗和三喜子來了。

楊槐青笑笑說：「你們兩個能扶我到田埂上走走嗎？」

「能。」

秋天水盛，池塘滿滿當當，河面顯得更加開闊。遠處，有帆船。河灣裡，鵝鴨成群。河堤上，幾個頑童正躺在草叢裡，身邊是三兩隻啃草的羊。幾個老翁坐在田埂上，看著自己那群雞在剛剛收割的空茬地裡尋食……

「你們有事先去吧，讓我在這裡坐一會兒。」

黑狗和三喜子不敢遠走，到近處小溝裡採菱角去了。

楊槐青坐在地上，望著太陽，想起他的一生……

突然，他把身子全部伏在地上，用手拚命抓著泥土，渾濁的眼淚一滴一滴地滲進泥土裡。

黑狗和三喜子上岸來，一見此景，扔掉菱角，猛跑過來。

楊槐青抬起頭，他的臉上是草屑和泥土。

黑狗望著他，突然咧開大嘴哭了。他想起每年除夕楊槐青念他是光棍一條，都把他叫到自己家裡一起過年的事來了。

太陽在沉落。輕柔的夕照，使大地變得異常可愛。一株蒼勁的老槐樹的幾根樹枝正擋住那斜陽，使它的光變成放射狀，十分壯觀。幾隻大雁在以夕陽爲背景的西天飛翔，形成微紅的黑色剪影。蘆葦的頂部閃著銀光。

他坐在河堤上，看著夕陽一寸一寸地落到了一座大墳的背後。

西邊天空呈顯出透明的薔薇色。黃昏溫柔、平靜而美麗。

夜裡，他去世了。

他的全部遺囑只一句話：「拆房子也要還公家的錢，不欠大家的。」

他被埋在一片蘆荻叢裡。

黑翠趴在他墳上，一邊哭，一邊用手將新墳抓出兩個坑來。

人們很少看到盧德富了。聽說，他得青年時代一位朋友的幫助，跟著一家建築公司到外地打工去了。那活又髒又累，況且已那麼大年紀，腿腳還不方便，又何必呢？

這天，黑狗釣魚回來，路過楊槐青的墓前。他一隻褲管捲到膝蓋上，一隻褲管耷拉在腳面上，手裡抓著根魚竿，呆呆地望著。望著望著，他覺得墓碑上缺了什麼。仔細一研究，發現石碑上忘了刻上年月日了。他向村裡人鄭重地提出這一點。大家並不怎麼理會。因爲，人們都會記得，他死在深秋，那是一個收穫的季節，也是一個飄零的季節，當時，水陰陰的，呆呆的，兩岸的蘆荻花在清冷、蕭瑟的秋風中到處飄忽著……

一九八四年三月十八日於北京大學二十一樓一〇六室

沈居德

一

每天上午，當太陽已升起很高的時候，三面傍水的烏雀鎮的小街上，都要晃悠悠走過一個臂挎竹籃的老頭。他一路頻頻點頭與人打招呼，一路說著笑話、客氣話。在他一路走過去時，從街的兩旁會不時地朝他飛過一支支雜牌菸來。他好酒，並不沾菸。然而，他絕不拒禮、駁人面子，且將那菸一一地接住，然後穩穩地夾在肥大的耳朵根旁，常常一邊夾上好幾根。

此人便是烏雀鎮民政幹事，姓沈名居德。

此地，有人叫他「判官」。筆者好生奇怪，查典後得知：「判官」一詞原出於唐代，指那些協助地方長官的辦事者，後才被迷信借用，專指陰間掌管生死簿的。烏雀鎮人稱沈居德老頭爲「判官」，大概一是因爲古時的吳、越地區，至今仍然沿用「判官」一詞的原意（許多詞都是這樣）；二又帶幾分戲謔、捉弄的味道；三，沈居德的工作性質確實就具有一個判官的工作性質——誰對誰錯、誰是誰非，往往就在他嘴裡一句。

沈居德塊頭高大，但並不顯得魁梧，更無威風可言，從頭到腳，渾身上下，似乎沒有一個部位是能經得起推敲的，一副疲疲塌塌的樣子。完全禿頂，眉毛也差不多脫落殆盡，就剩光光的兩條眉骨，無神的眼下吊著兩隻軟乎乎的眼袋子，下巴短得滑稽。七十年代中期的中國南方，鎮幹部們的穿著已經很講究了。就說冬天吧，不少人都有件呢子中山裝，當然質量大多不算理想，穿不出一年成麻袋片的也有。家庭經濟寬綽、喜歡幾分風度的鎮長，披件呢子大衣的，也不是絕無人在。而沈居德卻還是幾十年前的老裝束，又肥又大的棉褲，居然還是一把刹的。然而，卻有一點，又比一般的鎮幹部更富有現代派的味道：寸毛不生的禿腦袋上永遠戴著一頂略大的草綠色軍帽。這副打扮，使得那些與他初次相見的人往往忍俊不禁，很有點失禮。他知道別人是笑他，也知道是爲什麼而笑，並不很在意，依然將一頂綠色的軍帽戴在那顆禿腦袋上。

烏雀鎮下管二十三個大隊，設有民政、公安、民兵、文教等十個部門，部門的頭目，其職務都以「幹事」相稱。

這裡的人凡事愛做個總結，談到這十個幹事的工作，就說，十大幹事十種勁：生產幹事要有腿勁，公安幹事要有狠勁，財經幹事要有摳勁，文教幹事得有股斯文勁……民政幹事得有耐勁。沈居德的耐勁超出常人，足以把一般民政幹事比得矮下去半截。一年三百六十五日，民政辦公室每天都是門庭若市、亂烘烘的像鴨場，門檻都快被踏沒了。一會兒，兩個中年男人爲爭奪一塊房基地，一路打將而來，不是這方的臉被抓出幾道血印，就是那方胸脯上被拳頭砸青一塊。一會兒，兩個潑辣女人爲小孩打架的事，互相揪著一把頭髮罵來了，一個罵「臭婊子」，一個罵「沒褲帶的騷貨」，甚至毫不在乎那被扯破衣服後袒露在光天化日之下的乳房。……無所不有，無奇不有。喊冤聲、叫罵聲、哭泣聲、故作嚴重的呻吟聲不絕於耳。因此，誰也不願跟沈居德老頭做鄰居。財經幹事說：「鴨上欄了，吵得你腦殼『嗡嗡』地響，淨撥錯算盤珠。」報導組的說：「哭爹叫娘，跟屠宰場似的，沒法動筆。」沈居德屬於那種三腳踢不出個悶屁來的慢性子，他居然穩如泰山地坐著，用一個大茶缸慢條斯理地喝他的茶，還會與偶爾從門口走過的同僚們笑嘻嘻地打招呼。覺得腳在鞋裡悶得慌了，他就把一隻大光腳丫子拉到涼絲絲的椅面上，一隻大手在葫蘆瓢似的禿頂上不停地抓撓，另一隻大手費力地捉著一枝黑桿兒鋼筆記著。那鋼筆也不知是什麼年頭的貨色了，鴨舌似的大筆頭，又粗又憨的桿兒，裂了，纏著膠布。他只讀過兩年私塾，那筆在紙上笨拙地爬行了半天，核桃大的字還沒寫滿一頁。遇到過於複雜的情況，他就只好勞駕報導組的小陳代筆。

每天快近中午時分，他不管公事是否處理完畢，便要離開辦公室，到河那邊小鎮上買小魚小蝦。有轟不出門的，他也不使勁轟，說：「那你就幫我看好屋子。」去鎮上買小魚小蝦，這是他每天雷打不動的一件事。花錢很少，卻很鮮美，下飯，還下酒。他喝得不多，可總喜歡喝，一喝就迷糊。下午，常常是太陽沒多高了，才從一里外的家中晃晃蕩蕩地往鎮上大院趕。那裡，他的門口早堵了許多等他的人。爲此，有幾個因他的判決而覺得吃虧的人報復性地向縣裡頭捅了一封「人民來信」，檢舉他「常常喝得爛醉如泥，民政辦公室十天有八天大門緊鎖，老百姓頭打破了都沒人管」。民政局壓根兒不理這碴。因爲，全縣數烏雀鎮民事糾紛率最低——即使有幾樁事，也都被沈居德利利索索地解決了，很少有人再鬧到縣裡頭的。

沈居德的工作何以能在全縣首屈一指呢？

一、他處理民事糾紛，除依據那些官方制定的條條以外，還有自己的一套法規。你說它具有封建主義色彩也好，說它獨斷專行也罷，反正，那些莊稼人採納了，接受了，最後還心悅誠服。「誰先動手誰沒理！」——這是一條，而且簡直是他的鐵規。誰觸犯了這條，至少理輸一半。他有詳細注解：「都是一根藤上的瓜，幹嘛打人？侵犯人權嘛。不說如今憲法上寫著打人犯法，古人有話：君子動口，小人動手。……」「父子干戈，兒子必無理！」——這又是一條。當然，等將事情都處理完了，他準要對做父親的進行一番嚴厲斥責，然後再心平氣和地勸道：「算啦，自己身上掉的肉。古人有話：天能蓋地，大能容小嘛。」……他這一大套自定法規，大大彌補了官方「條條」過於原則化、簡單化的缺陷，而使解決糾紛的效率提高數倍。

二、在策略和方法上，沈居德老頭也是匠心獨運，令人欽佩不已的。一個民政幹事如果沒有一大套招數，那可不是鬧著玩的，許多事人命關天。同樣一件事，對已解懷的大娘和對未出閨閣的姑娘，對胸懷豁達開朗和對心胸狹隘鑽牛角尖的人，那方法是絕對不能一樣的。火候、分寸，都得掌握好。也有許多事是在詼諧、風趣、輕鬆的調子中完成的。一對小夫妻，爲芝麻大點事嗆起來，女的一賭氣，說要離婚，碰上男的是個倔頭：「離，漂亮的排著隊呢！」兩人越說越上火，眞的跑到他這裡。「眞離？」他帶著笑問。「眞離！」小兩口一個比一個嘴硬。他點起一支菸來，裝著不在意的樣子，將紅紅的菸頭湊近了小夥子那簇新的的卡上裝，女的一見，急了，上去就捅男的一把：「殺千刀的，眼珠被烏鴉啄啦？沒看見沈幹事的菸！」沈居德老頭笑著揮揮手：「走吧走吧，你們也要離婚！」小兩口你望我，我望你，最後憋不住笑了。還有一些事，他處理得硬是讓人感到痛快。周橋大隊有個賴皮阿四，「文化大革命」那陣搶了東西打了人，後來碰上一位硬茬子，沒撈到便宜，鬧到他這裡，躺在椅子上，捣著胸口齜牙咧嘴，說他被打出內傷，疼痛難熬，哼著叫著，賴著不走。沈居德老頭撓撓光頭，從鎭醫院叫來醫生。那醫生這兒摸摸，那兒捶捶，看一下沈居德老頭的眼色，將一鋁盒長長短短、寒光閃閃的銀針「嘩」地倒在桌上：「給你針灸吧！」話音剛落，一根針早扎進賴皮阿四的鼻子底下，疼得他嘴都歪了，「呀呀」叫喚。「醫生，給他好好治。」沈居德老頭捋著袖子，不動聲色地指揮。「是！」醫生遵命，又接著扎下四五根去。賴皮阿四渾身哆嗦，連連搖手：「好了，好了，別扎了，別扎了，我渾身都舒服啦。」那醫生又煞有介事地狠捻了幾下，才將針一根根拔出。在一片哄笑聲中，賴皮阿四拍屁股溜了。

「這種人……」沈居德老頭摸著禿頂在肉乎乎的大鼻子裡「哼」了一聲。

又一樁案子來了……

二

江村三隊有個老實的年輕農民叫朱家岩，老婆三十出頭，身體單薄，卻顯得苗條；眼睛不大，卻水靈，很有一番農家女子的嫵媚。自從嫁到江村，隊長王常松就綠頭蒼蠅似地盯住了。她害怕見到他那饞巴巴、狠巴巴的目光，怕得心都發抖。可又不敢對他拉下臉來，只好東躲西避——這幾年爲給婆婆看病，家裡欠了生產隊一屁股債，她怕惹翻了他，找藉口逼朱家岩還債。朱家岩還不了這個債——朱家岩家裡窮得叮噹響，除非拆房、賣人。王常松不想再玩貓抓老鼠的遊戲了，他想，該把那女人做了。終於有一天，趁朱家岩出遠門挖河去，晚上撥開柴門，進了朱家茅屋。……那女人天性軟弱，不敢大叫，等王常松打了一個呵欠出了茅屋，抓著被撕破的衣服，丟了魂似地哭到天亮。她想去告訴丈夫，怕挨打，又怕張揚出去，她無臉再在人前走動，更怕王常松使手腕，暗地裡讓她丈夫吃苦頭。那毛鬍子凶煞，沒有做不出的事情。再說，他哥哥是鎮書記，告了還不是白告？她就想將恥辱和著眼淚默默吞進肚裡算了。哪知隔壁做屠夫的叔叔夜間殺豬歸來，借著月光瞧見了剛出門的王常松。老頭子等朱家岩回來，憋不住就把事告訴了侄兒。這個平日與世無爭、只知下牛力氣幹活的老實人，頓然暴怒了，豎眉橫眼，操起叔叔的殺豬刀就要找王常松，嚇得叔叔一把拖住他。鄰居們聞聲也都趕來勸阻。可是，他卻那把刀子死死地抓在手裡，像一頭困獸那樣喘息著，誰也不敢走近。

沈居德老頭接到電話，匆匆趕到江村，轟走眾人，關起院門，好不容易才把朱家岩穩住。

「私闖民宅，糟蹋良家婦女，天地不容！」在趕回鎮上的路上，他氣哼哼，嘟嚕著腮幫子。「老子絕不客氣！」跨進鎮大院，他直奔鎮書記的辦公室而去。然而，當他舉手欲去叩門時，頓覺那注滿力量的身軀，一下鬆軟下來。過去，他沒少得罪上頭的人，可那都是跟他這個小小民政幹事隔著好幾層的人物。用他自己的話說：「隔河黏知了，差著一竿子呢。」風來浪去，他連毛也沒損耗半根。這回，可是低頭不見抬頭見的頂頭上司。到烏雀時間不長的鎮書記王常柏會持什麼態度?他心裡沒底，有點掌不住舵了。舉在空中的手慢慢垂落下來。他轉身慢慢走向自己的辦公室，那肥大的褲子似乎都要掉下來了。回到辦公室，他在椅子上坐下，雙手摸著那閃光的禿頂。

正當他處在萬分為難之際，鎮玻璃廠的周廠長又匆匆趕到，向他急告：在玻璃廠做工的他的兒子，賭輸了錢，偷廠裡的東西賣被抓住了！

聽罷，他一時竟目瞪口呆。

周廠長說完詳情，便走了。他獨坐在椅子上，如同一尊光頭大腦的石頭塑像。大腳丫子也不再拉到桌面上：他並不感到鞋窠兒裡悶熱，反覺得腳底直透出一股涼氣來。

這孩子，是他兄弟所生。那年，孩子還小，兄弟得了結腸癌，臨終前，把他喚到床前，用瘦骨嶙峋的雙手抓住他的手，哆哆嗦嗦、斷斷續續地交代他：「把孩子帶大帶好。」他點點頭。兄弟也點點頭，流出最後一滴淚珠，便去了。弟媳婦很快改嫁，他便將這孩子收養了。他老伴從未解懷，因此，將這孩子當眼珠一樣護著。他除了回家喝上兩盅，倒在床上迷糊一陣，其餘時間全泡在那間辦公室裡，對這孩子，很少管教。天長日久，這孩子便染上一些壞毛病。

兩樁事攪在一起，同時而來，弄得他六神無主，直覺得頭腦沉甸甸的。他關上門，朝家走去。路過小鎮時，那個賣魚的老頭向他打招呼：「一斤小魚給你留著呢。」他搖搖大手：「賣給別人吧。」便邁著無力的步子走了……

三

晚上，沈居德老頭煩惱地甩開一把眼淚一把鼻涕的老伴，逕直走到王常柏家。

王常柏一見，很尊敬地：「沈老來啦。」立即叫老婆燒好幾盤菜端上桌來，不容推託地招呼他坐下，並給他滿斟一杯「雙溝」：「喝點！」

沈居德老頭急忙用手推開酒杯：「書記，今日……不想喝。」

王常柏放下酒瓶，拉下一副沉重的面孔，過了好一陣，說：「下午，我碰到老周了。」他把酒杯塞到他手中，「古人有話，杯酒澆百愁呀。」

鎮書記悲天憫人的神色、低沉厚重的語調，使沈居德老頭覺得心裡熱乎乎的。他與王常柏碰了一下酒杯，眼一擠，一口抿下大半杯。

王常柏反倒舒坦地笑了：「別急，商量商量辦法嘛。」

沈居德老頭搖了搖頭：「犯法得服法，這是鐵砲轟不倒的規矩！」

王常柏不說話，吃菜，喝酒。

「腳上的泡，自己走的，沒人可憐！」沈居德老頭大喝一口，似乎要從心頭沖刷掉什麼東西。

王常柏說：「才二十多歲，不能剛開頭就毀了他。」

「我……不管他了！」

「看這個勁頭，這事我還不能讓你來處理了。」王常柏斟酒。

「書記呀，誰處理不還都一樣。」沈居德老頭出汗了，摘了帽子，露出光禿禿的腦袋來。他把帽子放在桌上，「禿子頭上的蝨子——明擺著！」

「年輕人，又是頭一次犯錯誤。」王常柏對沈居德老頭撒手不管的做法表示出有點責怪的意思。

已喝了幾杯酒的沈居德老頭，內心感激不已：「書記，如果是我親生的，一槍崩了他，我不傷心。可這，你是知道的，是我那兄弟託付給我的。臨死前……」他停住了，說這些幹什麼？莫不是求書記寬恕？他搖了搖頭，連忙說，「不管是誰，按規矩來，不好客氣的！」

「你就甭插手了。」王常柏在他杯裡加滿酒，「這案子由你來處理，重了輕了都不合適，我來親自處理。」

沈居德老頭喝著悶酒。他心裡還有另一件事在翻騰著。他要探探鎮書記的口氣。

「沈老，喝呀。」

沈居德老頭點點頭，用手捣著酒杯，望著王常柏：「書記……你兄弟的事……聽說了吧？」

「什麼事？」

沈居德老頭只好從頭說起。沒等他說完，王常柏暴跳如雷：「這個王八蛋！」

「書記，你別發火。」沈居德老頭把酒杯塞到王常柏手上。

「丟臉——丟我的臉！」王常柏氣得把酒杯狠狠地拍在桌上，酒冒起老高，「沈老……」

沈居德老頭連忙抬起頭。

過了一會兒，王常柏問道：「這事，你說怎辦？」

「你說呢？」沈居德是個鬼老頭。

王常柏用手敲著桌子指示：「嚴肅處理，絕不寬容！不然，我們以後沒法工作。」

鎮書記把底亮出來了，凝聚在沈居德老頭心靈上的一切顧慮頓然煙消雲散。他長吁一口氣，心裡好不痛快，端起酒杯，一仰脖子，「咕嘟」一飲而盡：「書記……」他佩服地點點頭。三杯酒落肚，他有點迷糊了，眼皮往下沉，鼻頭也紅了，腦門上油汗閃閃發亮，名副其實的禿頂，與那五十瓦燈泡相映成輝。他一得意，竟扒掉鞋子，把分得很開、沒點兒規矩的大腳丫子拉到椅面上，涼爽開了。

王常柏低下頭去，玩命地抽著菸。

沈居德老頭覺得新來的鎮書記不錯，體貼別人，卻又大義滅親，很是高興，便不客氣地自己動手倒了一杯酒：「書記……」他不免有點同情，「一人做事一人當，不必難過。」

「沈老呀，」王常柏把椅子往他身邊拉了拉，推心置腹地說，「我眞恨不能扒了他的皮，抽了他的筋！」轉而，又長歎一聲，「哎——！娘老子死得早哇，是我把他拉扯大的。小時候，差點沒餓死。這些年，我常年在外，管不到，他放蕩了！……早知今日當初就該讓他活活餓死！」

醉眼朦朧的沈居德老頭，不知如何安慰鎮書記了。

一直在張羅飯菜的王常柏的老婆，這時走出來：「沈老，老王他兄弟的事，就一點挽回餘地也沒有了嗎？」

王常柏回頭瞪了老婆一眼：「怎麼？想包庇？門兒也沒有！沈老，按規矩辦，我是全力支援，絕不給你半個『難』字寫。」

王的老婆沒走：「沈老，就……？」

王常柏惱火地揮了揮手：「走走。」他給沈居德老頭又添了酒，「別提那東西！沈老，還是說說你小子的事。」

沈居德老頭使勁眨著眼睛，彷彿要從混混沌沌的腦海裡搞明白一件什麼事似的。老頭喝多了。

「老周那人很認眞呀。聽說，以前就有兩個青工被他開除掉了……」

王常柏的老婆又走出來：「沈老，老王他兄弟，也是第一次。」

「兩碼事！」王常柏揮了揮手，「這兒沒你的事。」

一陣涼風吹進窗來，沈居德老頭打了個寒噤，醉意頓時去了一半……

「我要殺死他——！」

一個令人汗毛倒豎的聲音，使沈居德老頭猛然震撼了一下。他低下頭去，白天的事，活生生地浮在眼前：

朱家岩手握一把寒光閃閃的殺豬刀，劇烈地喘息著，仇恨的烈焰，透過恥辱的淚水噴射出來，灼灼的叫人害怕。

他跟朱家岩對視著……

突然，朱家岩「撲通」跪倒在他腳下，刀「鐺」地落在地上。朱家岩緊緊抱住他的腿，像受人凌辱的孩子突然見到了老父親似地大哭起來。

他聽著這難聽的沙啞的男人的哭聲，用手搖著朱家岩寬厚的肩膀：「別嚎了，讓人聽了笑話！」

……

沈居德老頭像被什麼壓抑著，喘著氣。

「怎麼啦，沈老？」王常柏關切地問。

「書記，喝多啦。」沈居德老頭出了一身冷汗，酒意全消，摸摸禿腦袋，戴上草綠色的軍帽，用手正了正，起身告辭。

「再喝點嘛。」

他搖搖頭，走出門去。那鬆鬆垮垮的高大的身體，一顛一顛的，不一會兒，便消失在茫茫的夜空下……

四

第二天一早，沈居德老頭叫報導組的小陳一起跟他下江村去做筆錄。小陳說急著要給報社寫篇稿子，去不了，沈居德老頭只好一人去了。

沈居德覺得事情做起來很不順利。種田人也一個個學鬼了，不願惹事生非，拿繩往自己脖上套，偌大一個江村，竟沒一人站出來揭發王常松。就連朱家岩的叔叔，此時也捏著鼻子不肯露面。那毛鬍子來神了，見著沈居德老頭，雙眼朝天，豬也似地在鼻子裡「哼哼」，背地裡，更是有恃無恐，吐著菸圈兒揚言：「那娘兒們，爺睡了，滋味眞好。誰想怎的？」

沈居德老頭聽說後，也不惱怒，只是在心裡暗自一笑。過了兩天，他召開了一個群眾大會。會上，他將眾人臭罵了一頓：「你們是一群小人！你們是以小人之心度君子之腹！你們竟這般看待王書記！」然後，他將王常柏的話倒背如流，統統抖落出來，「書記他是個堂堂正正的人！你們他媽的眼瞎了！你們將王書記當什麼人了？……」

朱家岩的叔叔第一個在陳述筆錄上，按下了帶印泥的手指……

沈居德老頭後來聽說王常松跑到王常柏家，撕破臉皮大鬧了一通，兄弟倆還差點動手幹仗，就在心裡笑笑。遇見王常柏，他說：「書記，按你那天晚上的指示，我辦了！」

「好！好！」王常柏點點頭，又點點頭。

……沈居德老頭突然猶豫了：據王常柏派人調查，他兒子的偷竊已超千元，而且偷的是工廠生產用的機器！這事說大，可能要驚動司法部門；說小，退了賠了，寫份檢討，屁事沒有。老伴兒整天哭哭啼啼。那孩子不吃不喝，瘦成了一副骨頭架，可憐巴巴。風聲一陣緊似一陣。老伴兒急了，拉著兒子去找王常柏……

「回來！」沈居德老頭怒吼一聲。

老伴兒站住：「那你就去！」她不再怕他。

沈居德老頭抓著軍帽，走出家門。他不知走了多遠，卻又走上岔路，去江村把最後一份筆錄搞完，回到辦公室，默然呆坐了好一陣，然後擰開筆桿兒，在六份詳盡的陳述筆錄上，哆哆嗦嗦地簽了字，交給了分管民政、公安工作的常務副書記。

過了兩天，王常柏被迫召開常委會，研究決定將王常松的材料上報。

散會後，沈居德老頭往家走，路過鎮上禮堂時，只見燈火通明、人聲鼎沸：鎮機關團員青年正在開大會「幫助」他兒子。年輕人是不肯放棄任何機會來顯示自己的爭議和鐵面無私的。斥問、指責、謾罵，一齊朝著他孤立無助的兒子拋來。

沈居德老頭站在後門的黑暗處，只見強烈的燈光下，兒子站在台角上，蓬亂的頭髮散落在瘦削的額頭，臉色蒼白，滾著汗珠，兩條腿直打哆嗦。

他默默地離開了。他已聽說，弄不好，兒子要勞教一年半載。兒子也許會學好，也許從此毀了。他走不動了，在一棵大樹下坐下，雙手抱著頭。他就這麼坐著，他要在這裡等他兒子一起回去。

月光很亮，照著安靜的田野、河流、村莊……

五

在王常松被戴上手銬從江村押走後不久，縣委組織部收到一份烏雀鎮呈上的報告。其中，有這樣一段足以使鐵石心腸的人也爲之淚下的話：

幾十年來，沈老從事民政工作，兢兢業業，功德無量。現年事已高，目前，民事糾紛又連連不斷，建議組織部早卸其重任，以便沈老能早日安度晚年。這是全鎮一萬七千人民的共同心願。

沈居德老頭被組織部召去，在宣布他退休之後，問他有什麼要求，他搖搖頭，一句話也沒說。

這天，是沈居德老頭將要永遠離開鎮大院的日子。他早早來到那間九平米半的民政辦公室，開始收拾東西。他把牆上那一排寫著「上級來文」、「調查報告」的十幾個夾子掛正，將抽屜裡一堆雜牌菸，分等級裝進幾個信封……一切收拾停當，他坐了下來。他沒有像往日那樣習慣地把大腳丫子拉到椅子上，也沒有用手去摸那似乎永遠癢鬧鬧的禿頂，只是兩隻大手交叉著，端正、安穩地坐在辦公桌前。他似乎在靜靜地等待一對女人，或者一對男人，不，應該是一個女人和一個男人罵罵咧咧地來到這裡請他裁決他們的是非……

他的同事們都紛紛來看他。平日，他們都不願跟他做鄰居。可是，工作幹膩了，或者閒得無聊時，一個個卻喜歡往他這裡跑，聽一聽某老漢訴說兒子怎麼窩囊，怎麼怕老婆，老婆怎麼讓他跪搓板，或者是看看沈老怎麼用圓滑、近乎荒誕的方法解決一些糾紛，處治那些存心搗亂的痞子、二流子。他們從這裡得到了其他任何地方都得不到的樂趣。有時，事情太大，鬧得太凶，他們就一起出動來爲他助威，勸說、恫嚇，造成威力強大的聲勢，把風波平息下去，然後再由他慢慢地去裁決。他這攤工作，跟婦女工作部門、公安工作部門、青年工作部門……差不多所有部門都有聯繫。他們配合默契，關係甚爲融洽。現在，他們一個個變得口齒笨拙，只說一些互相重複了不知多少遍的話：「有空來玩」或者「有空去看你」。

他把那朵王常柏親手送給他的大紅花，丟在了紙簍裡，走出門來。他將那頂依舊很新的草綠色軍帽戴到禿頂上，雙手扶正，頭也不回地離去了。

他的胳膊上沒有挎那只總是散發著魚腥味的小籃子……

六

賣魚老頭跟沈居德老頭感情深篤，每日留下斤把小魚，傻呆呆地等到午後，方肯賣給別人。一連半個月，也沒見到他的影兒。

這天，他終於又在小鎮上出現了，依然挎著竹籃，但身體卻瘦弱了許多。

「你——你怎麼瘦成這樣？」賣魚老頭大吃一驚。

「多少日子沒吃你的小魚小蝦了，沒有不瘦的道理。」他說道。

稱魚、收錢。賣魚老頭問：「明天還來？」

「往後，天天來。」他掖了掖那由於腰桿變細而老往下出溜的大褲子，肯定地說。

打這以後，每天上午八九點鐘的時辰，鎮上的人就會看到他挎著竹籃從小鎮上的那頭走過來。他像許多賦閒的人一樣，坐到小鎮上的小酒館裡，捏一顆花生米，抿上一口酒，與那些癟嘴老人談談陳年古事，談談小道新聞。

有意思的是，這個百十米長的狹窄的直筒子小街似乎很需要他。或許是日子的寂寞，或許是鄉下人脾氣大一些，爭吵成了家常便飯，因此，總得有一些人要出來承擔評理與判斷是非的角色。這些人的威望是在漫長的歲月裡建立起來的。很自然，沈居德老頭要承擔這種角色。即使他本人不願意，也不行，事情由不得他。沒有他，這裡就要亂，就要打架，就要鬧翻天。尤其是遇到逢場趕集，就更不能沒有他。黑鴉鴉的人頭在攢動，人擠人，人撞人，人推人，火氣大的，腳一旦被踩得生疼，就要揮拳頭，對方若也是火爆脾氣，便會立即動起手來，人群便會炸開，擁呀擠呀，弄翻了街邊的小攤，攤販又是不好惹的，就要順手抓住一個，讓人賠錢，不賠就扒衣服。……哪兒有動亂，就有人喊：「叫沈老，叫沈老！」他聞訊，丟下酒杯，一掃那蔫頭蔫腦的勁頭，大步踏來，人群自動閃開一條路。他有辦法，他知道他該怎麼處理。他說話了，句句在理，句句說到人心裡，眾人點頭，糾紛者，該認錯的認錯，該陪禮的陪禮。人們自覺自願地聽從他的調解、裁決。哪怕有時候他不免有點武斷，人們也還是聽從。每逢這種時候，沈居德老頭便忘記他已「削職爲民」，那專注、顯得很有權威的神態跟在位時一樣。

不知過了幾年。一天，沈居德老頭坐在酒館裡，忽聽到門外鬧烘烘，宛如大壩決了口。他趕緊出來，朝這浪潮的旋渦擠去。

那個賣魚的老頭正揪著一個滿腮黑鬍子的中年男人。那中年男人掉過頭來，凶惡地揪住賣魚老頭的衣領，一拉一甩，把他「通」地摜倒在地上。乾瘦矮小的賣魚老頭癱在地上哼著起不來了。那中年男人想揚長而去，卻被幾個打抱不平的人擋住了。

沈居德老頭趕到：「怎麼回事？」七嘴八舌。他搖搖手，對被人扶著的賣魚老頭，「你說。」

「他——！」老頭指著那中年男人，「這人買我一條鯉魚，少給一塊錢，屁股一拍就想走了。我說我年紀大了，打點兒魚也不容易，跟他要錢。他說我短斤少兩。我把小秤拿給別人稱，他一把將小秤奪過去甩在了地上，」賣魚老頭從地上抓起跌斷的秤，「沈幹事，你看看！你們大夥都看看！我要他賠，他惡呀，把我摔在地上。我都這麼大年紀啦！……」老頭黑色的臉頰和手被摔破，流著紫色的血。

沈居德老頭沉著地問別人：「是不是這個情況？」

挨著賣魚老頭的小攤販作證：「沒錯！」

沈居德老頭跟這賣魚老頭打了多年交道，對他很熟悉：爲人老實，從不耍滑，賣魚賣蝦，秤桿兒都翹到天上去了，臨了還要往你籃子裡扔幾條小魚。他望著那中年男人，厲聲指責道：「你——太惡！」

那中年男人蠻不在乎地走上前來，譏諷地點點頭：「沈居德！」

「王常松！」沈居德老頭認出來了。他已聽說，王常松放出來了，被他哥哥安插在鎮玻璃廠。沈居德朝王常松也嘲弄地點了點頭。

「你他媽的還逞什麼威風，你是民政幹事嗎？光屁溜一個！」

「你給我嘴裡乾淨些！」沈居德老頭指著他的鼻子。

「老子就這般說話，你還敢對老子怎麼著，老甲魚！」

「你敢罵沈幹事！」有人覺得這個毛鬍子膽也太大了。

「別他媽的沈幹事沈幹事的，他個幾巴幹事啊？罵他？老子還要啐他！」

「敢！」眾人嚷道，「不啐，你就是龜孫子！」

「不敢？看老子敢不敢！」王常松示威地仰起脖子，眼睛裡閃爍著復仇的冷焰。

直筒子小街鴉雀無聲。

王常松憋足一口氣，還沒等人們反應過來，一口唾沫「噗」地飛到了沈居德老頭的臉上。

直筒子小街一時更加寂靜，就在這寂靜之中，空氣開始迅猛地變得緊張。明亮的天空，傳來一陣清脆的鴿哨聲。

沈居德老頭沒有擦他臉上的唾沫。他面部的肌肉彷彿被火燒紅了，那雙平素和氣的細眼，發出寒絲絲的光芒。他久久地盯著那張滿腮鬍茬陰沉著的臉。僵持了很久，突然，他掄起巴掌，只聽見「啪」的一聲脆響，摑在了王常松的嘴巴上。

「打得好！」人群爆發出一片瘋狂的歡呼聲。

王常松要朝沈居德撲過來，人群卻像浪潮一層一層地洶湧而上，將沈居德老頭層層地包圍在了當中……

王常松露出絕不罷休的樣子：「老逼養的，除非你藏到逼洞裡一輩子不出來。」

有人大聲說：「錢幹事來了。」

新來的民政幹事得到報告，正朝這邊走來。這是一個很年輕的民政幹事。人們自動閃開一條道，讓他走到了中間。他作了一個簡單的現場調查，對王常松說：「將魚錢付了，再賠老頭一桿秤。」

王常松說：「錢幹事，我——我是王常松……」

錢幹事未等他將話說完，搖搖頭：「我不認識你。」

王常松還在說：「我……是王常松……」

錢幹事皺起眉頭：「說了，我不認識你。別廢話，將錢付了！」

王常松指著沈居德：「他動手打人了！」

錢幹事說：「他是他，你是你。我放不過他！」

王常松只好向老頭付了錢。

錢幹事衝著沈居德：「你，跟我走一趟。光天化日之下打人？無法無天了！」

有人立即站出來說：「錢幹事，這是沈幹事——沈居德。」

錢幹事疑惑地：「沈幹事？」

「就是。你剛來，還不認識。」

錢幹事說：「你們就別胡說八道了。沈居德會打人？他怎麼會打人？」轉而對沈居德，「走啊，到鎮委會走一趟。」

沈居德走了出來。

錢幹事頭裡走。

沈居德搖搖晃晃地跟在後邊。

走到通往鎮委會的橋上，錢幹事停住了，從口袋裡掏出一包菸，拔出一根來遞給了沈居德老頭。

沈居德老頭說：「我不吃菸。」

「吃一根嘛。」

沈居德接過菸，放到了耳根旁。

水面上游過一群鴨子。

錢幹事說：「這群鴨眞肥。」

沈居德說：「這是鎭西周大嘴家的，常到地裡糟蹋人家莊稼，總鬧糾紛。」

鴨子快游到橋了，錢幹事忽然起了要嚇唬這群鴨子的心思，沈居德立即阻止他：「正在下蛋期間，別驚了牠們。」

這群鴨子游到橋跟前，歪起腦袋看了看正趴在橋欄杆上的兩個人。

鴨子從橋下游過，往西去了。

趴在東欄杆上的這兩個人，轉身又趴到了西欄杆上，一直看到那群鴨子遊到遠處的蘆葦叢裡。

錢幹事說：「王常松八成是離開了。我還有點事，就不陪你看鴨子了。」說完，就走了。

……

散集了，直筒子街上，人已稀落起來。等人們幾乎走盡，沈居德這才剎一剎褲子，挎著盛有小魚小蝦的小籃，慢悠悠，晃蕩蕩，鬆垮垮地離開了小鎭……

一九八三年四月五日於北京大學二十一號樓一〇六室

網

離村百步，橫躺一條河，七溝八溪與它相通，那水既深且清。夏日水枯，自有它兩頭的大河流水注入；秋天水漲，它便又流入了兩頭的大河。春夏秋冬，水流或緩或急，可總是流淌，日夜不息。河中水草肥嫩，在流水中宛如千百條馬尾在風中悠然飄動。

這裡的莊稼人幾乎與它朝朝相見，然而，這些年卻很少有人想到它，至於說意識到它價值的人，那就更寥寥無幾了。

說來也怪，其貌不揚、毫不起眼的康泰老頭，卻用一對昏花老眼盯住了它，乾嚥著唾沫，搓著粗糙、乾燥而發僵的手，心裡熱烘烘地躁動著——他準備要在它身上好好做一番文章。

如今天下，八仙過海，各顯神通。康泰老頭不是仙，甚而不如人。那些呆頭呆腦了幾十年的莊稼人，忽如一個大傻子挨了一記響亮的耳光竟一下醒來了似的，一個個變得像精明的猴子一般，眼觀六路，耳聽八方，都尋覓到了生財之道。唯有他康泰老頭，至今仍呆呆地死守著一畝二分薄地和兩間低矮茅屋，苦苦搞不活日子。他受到葫蘆、李三滑這些能棍棍們的小覷，自不必說，還早早晚晚地受著老伴的奚落：「驢腦袋！你就窮等著吧，早晚要被人家抵到牆角上去！一點點本事都沒有……」也是實話。康泰老頭無用、低能，什麼都矮人一頭。人家兒孫滿堂，他連一個女兒都沒攤上。柳塘人將這也歸結於康泰老頭的無能。罷了罷了，康泰老頭並不反駁。對於老伴喋喋不休的嘮叨，他卻多少有點不滿了：「得了！讓我用泥包土豆冒充松花，訛人家城裡人的錢？讓我把瘟雞瘟鴨醬了拎到街上去賣？斷子絕孫的事，咱不幹！」說到最後一句，他顯然銳氣大減，他一生沒做過缺德事，可上蒼不公，爲什麼不賜他個一兒半女？他不免有點黯然神傷。過一陣子，也就罷了，依然惦記著日子。

泡灰也會發熱，康泰老頭也總有發跡的一天。

那天，他到河邊割草，累了，坐到水邊小憩，見著水草叢裡有一溜鯽魚互相咬著尾巴嬉鬧，最初只是覺得好看、好玩，但看著看著，突然狠狠地打了一下自己的腦勺，連草也不要了，顛顛顛地直往家跑，人未到，聲先到：

「網——網！……」

老伴出來，見他得意得沒個模樣，把眼皮一耷拉：「瞎咋呼什麼呀?!」

康泰老頭好不容易才讓老伴搞清楚他那主意：他從小在漁船上長大，鉤叉網釣，樣樣都行。他要結一張網，打魚賣錢！

老伴著實高興了一陣子，不過馬上又沉下臉來：老頭子這輩子也總算放出個響屁來，眞不易，可是，結張網要花多少錢啊！

「一張攔河大網，沒千元下不來。」康泰老頭坐在磨損了的門檻上，抱著那顆很不活泛的腦袋，一點轍沒有了。

這一夜，老伴沒有合眼，她拿定了主意。五更天，她用腳蹬康泰老頭瘦小的屁股：

「網，咱織！」

「錢呢？」康泰老頭完全喪失了信心。

老伴盤算著說：「把那二百塊塞到東牆縫裡的防老錢拿出來，再把那筆一百塊棺材錢加上。壽大呢，一時半時也死不了。再說，咱又無後，眼一閉，還不是由著村裡打發？一陣青煙，完了，沒那塊閒地方給你埋棺材……」

康泰老頭很有幾分悲涼了：「那——那也不夠。」

「下網就得在河邊搭窩棚，一年到頭，得住在那裡。這兩間房子落在學校的圈圈裡，早攆咱拆遷了。聽說，他們正缺個廚房呢。」

「賣了？」康泰老頭驚訝不已。

「死心眼，賺了錢，再蓋。活在世上，你也讓我住上幾年瓦房呀！」

老兩口直商量到東方日出，方才決策。康泰老頭到底保守些，主張結張半河網。限於財力，老伴也就順水推舟，給了他面子。

老伴一梭一梭地織網，康泰老頭忙著立樁，支架，做轆轤。經過一個月苦戰，一張用豬血染就的大網，終於在一個西邊天空布滿桔紅色晚霞的黃昏裡，徐徐落進了一泓碧水之中，濺起一片喧鬧的水花。

起網，落網；再起網，再落網……康泰老頭熬了一宿，戰果堪稱輝煌：那半截埋在水裡的大魚簍裡，足有十斤魚！他像傻模傻樣的孩子似地趴在岸上，朝魚簍裡觀望著，一條性野的鯉魚猛一甩尾巴，甩了他一臉水珠。他用手抹去，滿足地笑了。然後，竟派頭十足地支使起老伴來：「揀大的，給我煨湯喝！」向老伴發號施令，這斗膽的事，恐怕要算康泰老頭生平的壯舉。

老伴聽了，居然樂從。

往後，日日有喜，朝朝進財，毋庸贅言。

這張大網使康泰老頭那飽經風霜的臉上泛起微微紅光，使他對於淡然無味的生活有了足夠的興趣，甚至使他說話的嗓音都洪亮了許多（這大概是魚湯補的）。更神奇的是，康泰老頭那僵化的頭腦竟然也有了很豐富的想像力：是得蓋幢像樣的瓦房，要飛簷的；要蓋就蓋在村子當中。怎麼，就不該我康泰老頭顯擺顯擺嗎？我不是那種碌碡軋不出屁來的賴漢！我是康泰，曉得嗎？得花錢給老婆添置些衣服。跟上我，也算倒楣，沒穿過幾件好衣服，補丁摞補丁，叫花子似的，該她穿穿料子衣服了，走出來也有個人樣兒。現在只是老了，放在年輕時，她也著實是個體面女人呢。不然，當年我康泰會娶她？多留些錢吃。幹嘛不吃？膝下無小，留給誰？傻呢，吃！揀好的吃，不吃白不吃，吃光用光，跟老太婆一起走，只留下一幢高巍巍的房子，讓人記住，這是康泰的！

還是老伴沉得住氣，她沒有狂想，更沒有張揚。一早上，她用一塊布蓋住魚簍，到遠遠的小鎮上把魚賣了，遇到熟人打聽打了多少魚，總是說：「見鬼呢，還不夠腥貓嘴的。」一個好鬼的女人。這十多年，不讓人打魚撒網，大夥都早把這茬兒給忘了，你這麼一張揚，一個個還不醒過夢來？平日裡，那大魚簍都被她蒙上口，深深地沉到水底，村裡熟人來買魚，她總是提起另一隻裝小魚的簍子：「全在這裡了。」

光天化日之下捕魚，情形到底是個什麼樣子，瞞得了初一也瞞不過十五。康泰老頭發財的消息還是不脛而走，在村民們中間紛紛傳開了。絕大部分人，這個耳朵進，那個耳朵出，並未引起特別關注。他們是很有幾分瞧不起康泰老頭的。但還是有人往心裡去了。不過莊稼人講究眼見爲實。所以，不時就有人以各種藉口光顧河邊那間小窩棚。每逢這時，老伴就不讓康泰老頭起網了，硬是讓人看不出名堂。

這天中午，太陽蠻好，暖烘烘的，直曬得人頭腦昏昏，睡意沉沉。康泰老頭一夜沒睡，困乏得很，倚著轆轤便迷迷糊糊地睡著了。朦朧中，他突然聽到一種特別的水響，憑他多年的經驗，知道有條大魚撞網了！瞧他身子一挺，蹦了起來，那氣勢，那敏捷，使人簡直無法相信他已是六十出頭的人了。他連忙扳動轆轤，三下兩下，就把網口提出水面。果然，網裡有條大魚！那魚性情凶猛，在網裡竄來撞去，激起團團水花。康泰老頭清楚，碰到這般大的魚，是萬萬不能將牠起出水面的，若不然，牠不是借水躍起蹦出網外，就是要將網撞破。康泰老頭幹啥啥不行，可唯獨打魚絕頂的精明。他把網起到與水面若即若離的樣子，然後扒掉外衣，只穿條褲衩撲進河裡，用雙手掐進魚鰓，等牠終於無力動彈了，才像抱小孩似的，喜滋滋地抱著向岸邊走來……

也就在這時，李三滑、葫蘆等人，從地裡觀光來了。

他們大驚小怪地咋呼著，「哧通哧通」地從大堤上飛竄而下，蜂擁到河邊。

該是康泰老頭露臉的時候了！他這一輩子，沒有幹出一件叫得響、過得硬的事來。在柳塘人的生活中，他實在是個無足輕重的人物，有他不多，沒他不少。就是別人扎堆湊熱鬧，他都挨不上。現在怎麼樣？儘管那幾十雙驚喜、羨慕、含著妒意的眼睛是看著他手裡那條大魚的，但在康泰老頭看來，那是看他呢！他心裡先有幾分得意，早忘了老伴的告誡，將那條大魚抱在懷裡，挺著肋骨分明的胸脯，像個很有雄風的將軍似的。他把大魚扔在河邊的草叢裡：「看吧！」

李三滑說：「有十斤！」

康泰老頭嘿嘿一笑：「你十三斤稱得去，我白送你李三滑！」

老伴站在窩棚門口光搓手，她誠心希望沒有打到這麼條顯眼的大魚。她想過去提醒一下康泰老頭說話掐著點，無奈被人擋住了。

康泰老頭用手抹著頭髮和鬍子上的水珠：「半個月了，這麼大的，我一共才打了五條！」

人們不由得互相交換了一下眼色，一齊用眼睛打量著康泰老漢的尊容，給他們的印象是：康泰老頭雖不算氣宇軒昂，雍容大度，倒也很有點樣子，那濃重的眉毛，挺直的鼻梁，活生生顯出一派尊嚴和福氣。以前，怎麼就沒看出來呢？

算了算了，康泰老頭肚大能撐船，完全原諒了鄉親們過去對他的那種輕慢態度。他轉過身，從地上撿起衣服披在身上，從口袋裡掏出一盒帶錫箔的香菸(他已準備逐步用菸捲代替菸鍋了)，學著學校裡老師的樣子，用手指甲剔開口，再在菸盒屁股下一彈，一支菸蹦出半截來，他拔一根送給李三滑，再彈，又拔一根遞給直到現在一言未發的葫蘆，一根一根，分去大半盒。平素摳門得厲害的康泰老頭，好一副大方樣子。

老伴站在窩棚門口，咕嘟著嘴：見你媽的鬼，窮顯擺什麼呀！

康泰老頭竟然變得能說會道了，衣服不換就跟人神氣地聊開了。老伴終於憋不住，藉給康泰老頭送毛巾擦水的機會，擠到他跟前，向他擠了擠眼，又狠狠地瞪了他一眼，沒想該死的康泰老頭竟一點也體會不到老伴的旨意和警告，依舊說那河，說那網，說那魚。

老伴只好公開「闢謠」了：「別信他胡吹了！打了幾條蝦米大點的魚，就不知姓什麼了。今天打到這麼大一條魚，也許這一輩子就輪到這麼一回！」

康泰老頭頗爲生氣：「咱一不偷，二不搶，自己的網，自己打的，藏著瞞著幹嘛？都是臉碰臉的老鄉親們。」

老伴氣得直想掐他的肉。

人們笑了，但都不出聲。

這時，鎮上中學食堂的馮大胖子晃動著身子走過來了，他已成了康泰老頭的老主顧。見了那條大魚，喜出望外：「老頭，稱給我，上頭局裡來人了。」

人們用眼睛默默地看著這筆交易的進行：馮胖子把魚擱在籃子裡，把一張拾元和一張伍元的票子拍在康泰老頭的手裡，挎著籃子，氣喘吁吁地晃動著身子走了。

那兩張嘎嘎響的票子，在鄉下人眼裡，充滿著遏制不住的魅力，也引起人們內心無法抑制的騷動不安。

不知是誰，也不知爲什麼，長歎了一口氣，無力地說：「上工吧。」誰也不說話，便三三兩兩地朝大堤上爬去，沒了剛才下坡的虎勢。

老伴一見人散盡，一把就將康泰老頭揪到窩棚裡：「你瘋啦！鄉下人眼窩子淺，我告訴你，早晚要一哄而起，都來吃這條河，不砸你的飯碗，有鬼！……」

康泰老頭眨了眨眼，腦子頓覺空了。他想扇自己的耳光。他懊惱地坐在地上，一動不動，像一堆泥巴。

人們上了大堤。

過了好一會兒，李三滑打破了沉默：「別信他胡吹！河裡堆著魚哪？放屁打死隻蒼蠅，湊巧了！」

立即有人幫腔：「有好事也輪不到他頭上。」

連葫蘆都說話了：「我還不知道這條河？如今農藥、化肥天天往田裡撒，又隨水流到河裡，有魚也盛不住。」

每個人都開動腦筋，竭盡全力編出一個一個的根據來，用很有說服力的口氣，加上輕描淡寫、不屑一顧的態度，力圖使其他人相信：河裡無魚；當今世界，大路條條，架網打魚，簡直愚不可及；花那麼大的本錢，也只有康泰這號平庸無能之輩幹得出來。

第二天，人們沒見李三滑和葫蘆下地來。

這兩位，在柳塘是人物。年近四十的三滑，八面玲瓏，做事圓滑，那張嘴能把死人說活。年近五十的葫蘆，平素金口難開，走路打著小九九，近於老謀深算了。不過，兩人倒都不讓人討厭。誰家婚喪喜事只要請到了他二位，便不用操心了：三滑請客送客，一等的外交，葫蘆記帳結帳，安排席位座次，大小巨細，保證不出絲毫差錯，是一流的總管。他們也樂於爲人辦事。

兩人路上相遇了。

「我說葫蘆，你怎麼沒有下地？」李三滑問道。

「有點小事。」葫蘆顧不得答理他，雙手倒背，走得匆匆。

李三滑看著他的背影，撓撓後腦勺，也急匆匆地走了。

第三日，葫蘆懷揣一筆剛籌集起來的款子，在村裡人還未出門走動的時候，悄然無聲地進了城。

在城南大橋頭，開著一個鋪子，裡面賣各式魚網。

葫蘆看清了，摸摸懷裡的錢包，點點頭，微微一笑，走進門去，抬頭一看，不禁大驚失色：李三滑站在魚網下，正用手指試那網眼爲幾指。他張了一會兒嘴巴，腳往後輕輕移去。

「你買網嗎？」站櫃檯的笑著招呼。

李三滑回頭一看，愣怔了一下：「葫蘆！你——你來幹啥？」

「你——你呢？」

「我？」三滑眼一眨，「你想讓我在地裡苦一輩子呀？不興進城逛逛公園，坐坐戲院？哎，聽說城北公園，那公猩猩見了女的就要往她身上撲，不去看看？……你進城幹嘛？」

葫蘆沉著地：「二閨女月底出門，給她買只箱子。」走了。

「我也走。」

兩人各奔東西。

在這小城，賣魚網的僅此一家，別無分店。李三滑估計葫蘆走遠了，就返了回來。他一腳踏進門，第一眼看見的就是葫蘆，兩人相對，尷尬地笑了。

「說吧，葫蘆，買多少錢一張的。」

「不瞞了。河寬我量了，五丈一尺。河多寬，網多寬。買吧，三指的。」

「你不要見笑，咱小魚也要，買兩指的。」

兩人是天黑時才扛著五六十斤的網回到柳塘的。李三滑馬不停蹄，讓兒女們立即放下飯碗，扛起悄悄做好的轆轤、繩索之類的東西，跟他到河邊架網。他之所以瞞著別人，就是怕人搶了他前天選好的風水寶地。那地方，距康老頭的網不到百步，有東西兩條小河從這裡注入，四面有流。現在，葫蘆既然知道他李三滑也買網，不怕葫蘆搶先一步？

「沒人！」李三滑把一根做支架用的毛竹放在地上，喘了口氣，「葫蘆，嘿嘿，你就到康泰老頭下邊蹲著吧！」

說話他們正要架網，葫蘆領著兒女們扛著傢伙也來了。

「來得晏，趕不上一碗蛋。這地方……嘿嘿！」

葫蘆的三小子叫了起來：「我們要在這裡支網！」

「嘿嘿，小子，你腿再長點不就好了嗎？」李三滑轉而對兒女們，「娘的，你們一個個木樁似的，動手啊！」

葫蘆走上來：「先別動手。」

「葫蘆，咱可是低頭不見抬頭見的老鄉親，別爲了爭這麼個地方鬧翻了臉。上茅房還講個先來後到吧？」

葫蘆不答理，奔到河邊，一條腿跪在岸上，一條腿伸到河裡，在水裡慢慢搜羅了一陣，只見他用腳趾縫鉗起一根繩子來，然後用手抓住，一圈一圈往膀子上繞，繩子越拉越緊，最後，竟從水中拉起一副「人」字形的支架來。葫蘆不愧爲葫蘆，胸有城府，棋高一著，幾天前，就早打下了埋伏。

李三滑看傻了眼，嘴張簸箕大。

葫蘆這才朝他點點頭，笑道：「說的是，上茅房也要講個先來後到。」轉而朝他的兒女們，「娘的，你們一個個木樁似的，動手啊！」

「狗日的葫蘆，我算服了！」李三滑自愧不如，惱也不是，怒也不是，哭笑不得地點點頭，火氣挺大地衝著兒女們，「釘在這裡啦？」說完，扛起毛竹就走，還故意用毛竹梢掃了葫蘆一下。

葫蘆才大量大，當然不與他一般計較。

當晚，兩家一個在康泰老頭之上，一個在康泰老頭之下，各安了一張攔河大網。

這一切，進行得悄然無聲，竟使康泰老頭毫無覺察。他只是有點納悶：今夜裡，魚都到哪裡遊魂去了？他不看水，卻看天，彷彿那些魚是到天上去了。四方大亮，他環顧左右，方才大徹大悟：他被人家兩頭截住了！他呆呆地望著，臉色驟然陰沉下來。他生氣、發急地把腳一跺，轉身走到窩棚門口，沒頭沒腦地朝裡喊：「網！」

老伴剛起來，用袖子擦了擦眼睛，莫名其妙地望著他。

「他——他們……網……」康泰老頭結結巴巴地說不清楚，用手指著外邊。

老伴一邊扣著鈕扣，一邊趿拉著鞋走出窩棚，兩頭一看，舉在腋下繫鈕扣的手停住了。過了半天，她轉過身來：「你跟他們……」一見康泰老頭貓似地鑽進了窩棚裡，她氣沖沖地走到門口，「去叫他們走開！」

康泰老頭悶頭悶腦不吭聲。

「你倒是跟他們說呀！」

「我——我不會說……」康泰老頭深知自己的那塊大舌頭，一急起來就磚頭似地玩不轉。

老伴望著他那副又倔又憨又沒能耐的模樣兒：「活見你媽的鬼！」她把衣袖捋了一下，拉了拉衣角，一撩頭髮，只得親自出馬了。她先跑到葫蘆那裡：「我說葫蘆，你也眞能找地方！你把網支在這裡，是掐我們老兩口的脖子怎麼的！」

葫蘆的對策是：不吭聲。他照樣起網，把一條斤把重的魚撈起，放到魚簍裡。

「我說你聽見了嗎？」

葫蘆歪過頭看她一眼，把手籠在袖筒裡，蹲了下去。

「三百六十行，哪行不能掙飯吃，偏擠在一起下網呢？」

葫蘆的三小子插嘴：「那你們家怎麼下網呀？」

葫蘆瞪了三小子一眼：「多嘴！」

康泰老伴嘮叨了半天，不見葫蘆答腔，火了：「我說葫蘆，你別裝聾子，糞桶還有兩隻耳朵呢！」

葫蘆眼一閉：「我聽見了。」

「那你就把網拆了！」

葫蘆挪了挪身：「這河是你家的？你能把它叫答應了？」

康泰老伴被噎住了半天：「葫蘆，我跟你商量，你別把網支在這裡。我跟你大哥支這張網，不容易啊！」她幾乎是央求了。

有那麼片刻時間，葫蘆心軟了。不過，當葫蘆想起自己支這張網也是孤注一擲時，又硬起心腸，冷漠地蹲著。

康泰老伴見說不動他，又來找李三滑。

李三滑等康泰老伴訴說了一通後，笑笑說：「老嬸子，有飯大家吃。這麼一條大河，你老兩口包了，也不怕撐了？都七老八十的人了，掙那麼多錢帶進棺材呀？咱兩頭漏點，就夠你們吃喝了……」他看康泰老伴急了，把事情一古腦兒往葫蘆身上一推，「咦，好玩，你跟我急什麼？我在你下邊。」他努努嘴，「叫葫蘆這老小子搬家！」他扳起網，把一條「草包」撈了起來。

康泰老伴終於敗下陣來。欺不了聾子撻啞巴，她回來只能朝康泰老頭嚷嚷了：「你悶在窩棚裡出不來了？你再去張揚呀！去啊！……」

康泰老頭懼內，路人皆知，加之壞事的確是因他癲狂所致，也就只好硬著頭皮聽著了。

哪知老伴今天一時難以敗火，錐子般地硬頂住他不放，康泰老頭終於憋不住跳起來：「娘的，不打了！」說完，跑出窩棚，操起一把斧子，將網繩砍斷了，懸在空中的網「刷」地落進水裡。

忠厚老實人發脾氣是令人震驚的。老伴這才頭腦清醒些，覺得自己對老頭子未免太過分了，閉住嘴，眼裡卻噙著一汪眼淚。

康泰老頭蹲在那裡半天，然後走到水裡，摸起砍斷的繩頭，不聲不響地又接了起來，轉而朝老伴：「他們有種，能把一河的魚全打乾淨了？」

這倒是，葫蘆和三滑的網是不能完全封住刁鑽的游魚的，正如三滑所說的那樣，兩頭總得漏一點。康泰老頭的經營雖然大爲削弱，可還能慘澹經營，每天還能打幾斤魚。碰得巧了，也能打條大的。

康泰老兩口，自知年邁體衰，又無人高馬大的兒女，那份微薄的力量是無法與人多勢眾的三滑、葫蘆較勁的，也就只好忍氣吞聲了。康泰老頭勤起勤落，加之豐富的捕魚經驗，日子勉強能混。他和老伴估算了一下，有個兩年工夫，還是可以賺回本錢來的，便不再與葫蘆、三滑計較。「他們老小多，手頭緊呀！」康泰老頭甚至有了幾分仗義和俠氣：攜帶著他們點！

沒出半月，他儼然以祖師爺的派頭去指導他們。葫蘆和三滑大有誠惶誠恐之態。康泰老頭爲自己能有如此不凡的氣度，而油然升起一股得意、崇高的情感。老伴的內心也並不反對康泰老頭的大度。

公正地說，葫蘆和三滑也是有血有肉的人物。當他們看見康泰老頭憤然斷網的時候，心裡十分不安：與這老兩口搶食，天打五雷轟！可是，他們也沒有辦法。葫蘆爲買這張網七湊八湊，最後剋扣了二閨女的嫁妝錢，這才湊齊。前日，二閨女出嫁，哭得淚人兒似的，不知情的人以爲閨女懂事捨不得離開娘家，葫蘆他心裡透亮：閨女爲他苦到二十五歲，竟只有一只木箱、一只木盆陪送她，孩子心裡委屈。他忘了自己是男子漢，是父親，把女人們轟出閨女的房間，向閨女保證：「就算是你借給爹的，等過了年，爹加倍還你。」閨女抹著淚說不是爲了這，做娘老子的養活她這麼大，還欠她的嗎？不過哭聲顯然低落下來。

至於三滑，更是有苦難言：爲了支這張網，他惹惱了一位莫逆之交。如今各種各的地，有錢戶自己買頭牛自己使。他過去做過牛販，正愁缺錢辦網時，一位朋友送來一筆錢，託他買頭小牛。他牙一咬，竟不顧朋友情分，挪用了人家的錢，暫且當網款了。那位朋友催了他兩次，李三滑巧語對付了過去。當那位朋友終於知道了自己那筆錢的眞正去向時，頓時跟他鬧翻了臉，不是考慮到幾十年的交情，差點沒罵他「騙子」，最後總算寬容地給他三個月時間還錢，交情一刀兩斷了。

他們心裡雖覺得對不住康泰老頭，可如今也無路可走，想洗手不幹都不成。他們現在能做的，只是有時將網停在空中的時間稍微長一些，讓一些魚游將過去。

過去，一對半死不活的老夫妻擺弄一張網，還並不顯眼。如今又下了兩道大網，網起網落，就不能不引起河兩岸莊稼人的注目和動心了。更何況，網主是一對遠近聞名不見兔子不撒鷹的當家好手呢？大約過了一個月，上游下游又有人架起了四張大網。

康泰老頭被緊緊擠在了中間，心裡叫苦不迭。到底還是老伴好，體諒他，沒說一句埋怨話。可她自己心裡卻萬分焦愁：怎麼好呢？她後悔當初不該聽從老頭子的話。她一急，心裡上火，嘴唇上燎起了一個個水泡，眼角爛了，嗓子也啞了。康泰老頭心裡悶得難受，不管三七二十一，沽了一壺酒，把一天打的魚蝦(也就可做一碗)一鍋煮了，全當了下酒菜。他眞想跟人打一架，可跟誰打呢？上上下下，那麼多人呢！再說，人家招他惹他了？他只能自己跟自己生氣，跟自己的網生氣，跟自己老伴生氣。

葫蘆默默無聲，嘴不閒的李三滑也沒有了說笑聲：他們也很少打到魚了。

一邊有人懊悔不已，一邊卻還有人不惜囊空如洗地支網。大家都支網，說明河裡有魚，都這麼想，一個看著一個，一個多月，十幾里長的河上，魚網一張挨著一張地支將起來，河裡的魚越打越少，人們急了，脾氣變得很壞，河兩岸不斷發生爭吵和鬥毆事件。

康泰老頭每天只能打兩把二兩小魚。他鬍子拉碴，不時地噘著牙巴骨。看樣子，他眞要跟人幹仗了！葫蘆和李三滑已預感到了這點，總是小心地避著他。

沒過多少日子，河裡的魚就幾乎被打光了。不少人索性不打了，怕河水漚壞了魚網，都架在空中。誰都希望別人撤去，可是誰也不肯撤，一個看著一個。

那些因爲經濟實力不行而未能參加這場競爭的人，這時都會說風涼話：「一個個吃迷魂藥了，見人下網眼紅，一個看一個，下了那麼多網，河裡堆著魚嗎？」

「不是自吹，我早就料到這一天，驢子才幹這種蠢事！」

「眞他媽帶勁，網比魚多！」

這天，康泰老頭一夜沒睡覺，竟沒打到一條魚。他心裡冒火，身上卻感到涼絲絲的，鑽進窩棚，抱起酒壺，仰起脖子把裡面的酒喝了個精光。喝完了，扔下酒壺，踉踉蹌蹌跑到窩棚外邊，結結巴巴地罵開了。起先，葫蘆和李三滑還忍著：他年紀大了，不跟他囉唆。哪知康泰老頭越罵越上勁了。他們也慪了一肚子火呢，終於忍不住了，朝康泰老頭壓過來：「你罵誰？」

「就罵你們這些……龜孫子！」

「你嘴裡乾淨些！」

「娘的！」他眼珠紅了，拔下轆轤上的一根棍子，雙手舉著，朝李三滑撲來。李三滑連忙讓開。他又踉蹌著朝葫蘆打去。葫蘆看著那對通紅的眼睛，懼怕了，連忙跑開。

老伴急急忙忙將康泰老頭拉住，並從他手裡奪下棍子。他倚在窩棚門口，氣喘吁吁。

太陽升起來了。陽光下，那網一張挨著一張，高高地架在空中，像是鵬鳥舒張開的巨翅，煞是壯觀。

在康泰老頭的醉眼裡，它們連成了一片，罩住了整條大河。

有兩個上學的孩子調皮，絞起了康泰老頭的魚網，驚叫起來：「爺爺，有魚！」

康泰老頭搖晃著走過來，眨了眨眼睛，眞的瞧見那網中有個黑乎乎的東西在蠕動著。

老伴也跑過來一看：「唉，是蛤蟆！」

兩個孩子歡叫起來：「噢——，蛤蟆！」

康泰老頭倚著轆轤，突然大笑起來：「哈哈……哈哈哈……」他一會兒仰起頭，一會兒雙手抱住轆轤，最後，一屁股坐在地上，把頭埋在兩膝間，「啊哈哈……啊哈哈……」

不知是誰跟著笑起來，緊接著，河兩岸都發出了笑聲。

康泰的笑聲越來越低，直至無聲無息，當他抬起頭來時，兩眼已滿是渾濁的淚水。

老伴一邊拭著眼淚一邊嘮叨著：「這網，是用棺材錢買的，是賣了房子置的。說話到冬天了，我們老兩口，住哪兒呀？……」

河兩岸的人沉默了，河兩岸的牛羊沉默了，河兩岸的莊稼沉默了。

此時，被網覆蓋著的河水暢快地流動著。快近中午，陽光透過網眼，只見水面上跳動著無數的金幣一樣的光點……

一九八五年三月二十六日於北京大學二十一樓一〇六室

箍桶匠

這地方上出木匠，且又將木匠分爲兩類，一類謂之「方木匠」，一類稱作「圓木匠」。方木匠專事直線活，常閉上一隻眼來瞄線，如做門，做窗，做桌子以至做棺材等。圓木匠則長於做有弧形的活，如木桶、木盆、木舀子等。他們用的是圓刨、圓鑿。圓木匠又被叫作「箍桶匠」。這種叫法，也許更接近圓木匠工作的實質。因爲，從某種意義上講，圓木匠的本事全在那幾道箍上。

不知什麼緣故，北方是很少見到箍桶匠的。這或許是北方天氣乾燥，木頭容易收縮而生縫隙，木盆之類則要發生漏滴現象，故不宜用此類家什。又或許是北方人乾脆就不喜歡木製的盆桶。反正江浙一帶人家都喜歡用。有些地方，無論是哪一位姑娘出嫁，娘家的陪妝裡，必不可少一套漆得很有功夫的木製盆桶之類。不同的僅僅是在那道箍上，有竹篾箍，有鐵條箍。高級的是銅箍，擦得很亮，與漆光交相生輝，倒也能生出幾分豪華的貴族氣派來。你到南方的一些小城小鎮，便會常在小街小巷裡碰見那些把扁擔晃悠得「咯吱」有聲的箍桶匠，並能聽見他們嘹亮、高亢、肆無忌憚的喊聲：「箍桶喲——！」

阿四是一個很棒的箍桶匠。

阿四家在鄉村，生於斯，長於斯，卻從不在鄉村做活。因爲阿四的手藝出類拔萃。那些出現於鄉村小道、走村串鄉、有氣無力地吆喝的箍桶匠，無疑都是些蹩腳貨。他們的手藝只配對付鄉下人，是斷然拿不到苛刻的城裡人面前去的。阿四當然不能跌下身分，與他們那些蠢東西爲伍。即使在家裡晃二郎腿歇著，也絕不在鄉下做活。偶爾誰家有幸得了一件阿四做的木盆或木桶，主人便總要洋洋得意地炫耀鄰里：「這是阿四的手藝！」阿四只肯爲城裡人做活。他難得在家，一年裡至少有大半年在城裡生活。因此，阿四也至少算得上半個城裡人。他在鄉下人面前，自然就有了幾分矜持，幾分傲氣，幾分優越和幾分雍容大度的大人物的氣概。儘管他身材矮小，且又背駝得很不像話，但這並不妨礙他覺得自己比這地方上的一般莊稼人要高大些。

「你們知道什麼！」他常用這樣的口氣與他的鄉親們說話，樣子傲慢得很。其實，他也未必就一定知道什麼。

他極現實地讚美著城裡的生活：「夜裡玩牌玩餓了，到館子裡來碗陽春麵，切五角錢豬頭肉，眞快活得沒地方抓癢呢！電影院、戲院好幾個，有古裝戲，有打仗的電影，想看什麼你就看什麼。城裡用水都比鄉下方便，龍頭一擰，水嘩嘩的，不像鄉下，拎桶水要跑出三里地。城裡人家晚上都要洗腳，乾淨……」他能一口氣至少說出城市的十大好處來。說狂了，他免不了要忘宗典祖，全然記不得他的祖輩們都是鄉下人，而以城裡人自居，「你們鄉下人……」他把自己從鄉下人的隊伍裡劃出去了，那不可一世的口氣，那四下飛濺的唾沫星，那發亮的眼睛，那副狹肩一聳一聳、鼻子一皺一皺的派頭，都讓人覺得那城就是他阿四的，城裡的一切都有阿四的記號，他可以到任何一個大飯店去可著勁用餐，到任何一個大賓館去隨意下榻。

他總是輕描淡寫地吹噓：「其實，我也掙不了多少，只不過幹半天玩半天，總比你們幹十天半月掙得多。」他老婆卻總是怕人要分他的錢，逢人就抵制：「信他吹呢！才掙幾個大錢！活見他媽的鬼！」於是，他對老婆很不滿意，梗著瘦脖子：「我也沒偷人家搶人家的，瞞什麼?!」瞅見老婆不在，他趕緊慷慨地在片刻工夫裡把一包菸分得一根不剩。那些舒舒服服抽著菸捲的人，從心裡認定，阿四就是有錢。

只有二黑子不這樣認爲。二黑子高中畢業，連考三年大學，每次都名落孫山，也就只好委屈著伺候田禾了。因此，常有一副懷才不遇的悲涼心境，老給人擺出一副鬱鬱不得志、孤傲不群的姿態。他堅持說：「阿四算什麼城裡人！」他似乎對阿四在城裡的生活十分了解，便偏不給阿四面子：「他在城東住著。那也叫房子！只不過是在人家廊下搭了一個狗窩一樣的小棚子。即使這樣，他每月還得交人家兩塊錢的。那回，我進城挑糞，親眼看到的，阿四在飯館裡吃人家剩下的魚尾巴。」他甚至揭露了一件阿四在城裡的醜聞：「阿四偷人家工廠裡的鐵條做箍，被人家捉住了，扣押了他的箍桶擔子，他像孫子一樣央求人家，就差沒磕頭了，最後罰了他五塊錢，才把擔子還給他。他都快哭了，可憐巴巴的。城裡人瞧得起他嗎？他也算城裡人！哼！哼！哼哼！」

二黑子的話並沒有抹黑阿四。因爲阿四可以分菸，他二黑子做不到。

阿四骨子裡實際上並不喜歡城裡人，與他們有許多格格不入的地方。首先他看不慣城裡人的「精」和「鬼」。這地方上所說的「精」與「鬼」，就是北方人講的「摳」、「摳門」，官話「吝嗇」。「城裡人精得傷腦筋！」「城裡人一個個都是鬼頭！」對此，阿四盡他一個農民的智慧和狡黠，毫不留情地給予挖苦、諷刺和抨擊：「一個桔子分給八個人吃，一個人得一瓣，還讓孩子細細吃，說吃多了不消化。」「用雞屁眼大那麼一點的碗吃飯。」「一塊錢肉能弄出十七八個菜來。」「你抱隻老母雞給他，他買兩盒餅乾答對你。」……城裡的「精」和「鬼」之事實，簡直舉不勝舉。一日，阿四率小徒弟到一戶人家做澡盆，做到中午，主人家盤盤碟碟地擺了一桌，阿四以爲主人自然會請他和徒弟吃飯的，沒想到主人早打定了主意：我是給了工錢的，沒有請你們白吃飯的義務，於是只顧自家人悶聲不響地用餐。勺碟盤子的清音、吧唧的喝湯聲、啃醬排骨時牙齒與骨頭的碰撞聲，以及食物通過喉嚨發出的咕嗵聲，大大地傷害了阿四的自尊心。再不進行報復，他就枉做人了。他一邊幹活，一邊給小徒弟講了一個故事：

鄉下蚊子跟城裡蚊子相處得很好，你來我往，交情很深。一次，鄉下蚊子說：「天熱了，我請你們到鄉下好好吃一頓吧。」到了約定的日期，城裡蚊子帶了一大幫蚊子，「嗡嗡嗡」地都飛去了。鄉下蚊子很大方，領牠們到豬圈裡吃了一頓，又引牠們到牛棚，最後又引牠們到人家裡。鄉下人窮，蚊帳破，城裡蚊子鑽進去大吃一頓，一個個把肚皮吃得圓溜溜的。完了，城裡蚊子說，「老兄，什麼時候我也回請你們到城裡去吃一頓。」到了約定日期，鄉下蚊子也帶了一幫蚊子「嗡嗡嗡」地飛到城裡去了。可是，城裡人家門窗、蚊帳太嚴，到這一家進不去，到那一家也進不去，沒吃的，鄉下蚊子老大不快活：「你們搞什麼鬼呀，一點吃的也沒有。」城裡蚊子過意不去，一想，有了。牠把鄉下蚊子領到城隍廟，那裡有菩薩，又有羅漢，一個個又大又胖。「你們吃吧！」城裡蚊子說。可是鄉下蚊子叮了半天，也沒叮進去，便議論開了：「城裡人不肯出血。」「城裡人臉皮太厚，我們吃不動。」便都飛回去了。

這則含沙射影的故事，句句都讓那家城裡人聽到了，但竟然毫不奏效。那位主人也許沒有聽出阿四的弦外之音，也許就眞的「臉皮太厚」，依然「不肯出血」，繼續心安理得地大吃，直吃得額上汗淋淋的，眼珠子脹凸了出來，最後一家子連連心滿意足地打飽嗝，並將殘羹剩菜統統撤回廚房。

阿四瞧一眼徒弟，哼起「快活調」來了。見身邊沒有主人家的人，他一使眼色，小徒弟麻利地把五六塊上等的桶料塞進了箍桶擔裡。那木料是從木頭中間削出來的，一塊少說也值一塊錢。這還不夠，臨了上箍時，阿四故意把箍鬆了點。出了門，他對徒弟說：「鬼頭，讓你洗澡，水都漏盡！」

何止是看不慣城裡人，他簡直有點仇恨他們。看來，城裡人一定有諸多不恭之處，把阿四的心傷得太狠、太深了。一個醜陋的、沿街叫喚的箍桶匠在城裡人眼中值幾文呢？當然，阿四一般不會向鄉親們訴說他那些被城裡人捉弄或是喪他人格的故事的。他重面子。他在鄉下人面前，永遠是出人頭地的，高貴的。但暗地裡，他一定要不動聲色地向城裡人顯示他一個農民、一個鄉下人的價值和自尊、聰明和人權，使城裡人要看到他的顏色。有時，他近乎於刻毒了。

那天，他到地裡去灌水，挖開缺口後，便坐在田埂上守著，就聽有人叫：「那位大爺！」他抬頭一看，一個女人站在獨木橋頭不敢走過來。「大爺？叫大爺幹嘛？」阿四心裡說，拿眼打量那女人。「細皮嫩肉的，是城裡人！」阿四不予理睬，依然看他的缺口。

「大爺……」這女人的聲音很溫柔，並含有一絲乞求的意味。

「大爺」阿四站起身來，走到河邊上，把兩隻胳膊交疊在胸前，一言不發，只望著那膽小的女人。「你個城裡女人，闖到我們鄉下人的地面上來了！」阿四心裡狠狠地想，並爲獲得這次機會而慶幸。那臉相說：也有碰到我手上的一天！

「我過不去橋。」

「把你高跟鞋脫了，光腳丫子。」

那女人臉臊紅了。

阿四走過橋去，把手伸給那女人：「攙你。」

那女人猶豫了一下，只好把手伸過來。阿四見過無數城裡的女人。「城裡女人就是比鄉下女人漂亮。」對此，他堅定不移地堅持這種看法。但，他還從未有幸接觸過任何一個城裡的女人。「那手像麵捏的，又細，又軟。」事後，他向人們說，一副滿面春風、三生有幸的陶醉神態。他眞壞，把那女人攙到獨木橋中間，突然把她的手鬆了，撇下她，獨自一人走回岸上。那女人像走在鋼絲上的一隻母雞，搖晃著身體，眼看控制不住了。只好不顧體面地蹲下，用兩手扶住獨木，樣子十分狼狽。她顫顫抖抖地：「大爺，你……」

「大爺」坐到田埂上看他的缺口去了。幸虧不久來了一艘船，駕船的老頭幫了那女人。阿四是得罪不起的。但城市顯然把阿四得罪了。阿四絕不肯寬恕他們。「我是誰！」他想讓全世界都知道他阿四。這種對城裡人耿耿於懷、不共戴天的情感，一直毫無理由地擴大到比他身分高貴的一切人身上。他頑梗地要與他們作對。「我要讓你們認識我阿四大爺！」

這天，他挑著箍桶擔子往城裡去，心裡大爲不快。早晨，他把擔子挑出門一塊地遠，忽然想起進城要走三十幾里，路上不便，又轉身回來蹲茅房。等完了出來，看見二黑子像挑花籃一樣在田埂上耍玩他的箍桶擔子，立即惱怒如挨了鞭抽的公牛。阿四不是一般的箍桶匠，阿四是有傳統、有規矩、有各種各樣的講究的正宗地道的箍桶匠。過年，他要極爲虔誠地向箍桶擔進香，並把「福」字貼到擔子上去。早晨挑擔出門，別人不能隨便叫他(叫他就要讓他做活，不做活叫他，等於是向他預示今天的生意做不成)，更不能與他說一些葷話(那會激怒扁擔神）。而最不能容忍的是別人挑他的擔子。一大早上有人挑他的擔子又尤其不能容忍。那意味著他對自己的擔子不虔誠，玩忽職守，要沾上晦氣的。換上另一個人要玩這副擔子，他也許還能容忍，偏偏又是二黑子。在阿四看來，二黑子是很可惡的。「×高中生！」阿四是不大瞧得起這個小知識分子的。「我大學生還見過幾籮筐呢！我還給一個博士的老婆箍過洗腳盆呢！」阿四雖不識字，但他認定了，識字的人不一定比不識字的混得好，二黑子就是一例。「什麼東西！」阿四不把二黑子放在眼裡，並對他的「酸相」表示由衷的蔑視。他「呼哧呼哧」地衝上去，一把奪下扁擔，繼而一聲不吭，用眼睛惡狠狠地盯著二黑子，隨後往地上啐了一口，說了一句很毒的話：「我早晨沒有洗臉！」（意思是遭鬼迷了）這使小知識分子二黑子非常尷尬，事後在筆記本裡奮力疾書，寫下了這樣的句子：「阿四，這條醜惡的豬玀，朝我的自尊心上狠狠地插了一把刀子，我的心在流血！」並寫出了兩泡羞辱的淚。阿四才不管二黑子的自尊心，挑起擔子，故意突然將扁擔換到另一個肩上，那擔子便旋轉起來，又不輕不重地打了一下二黑子。這依然沒有使自己心情好轉，一路上窩著火，並詛咒二黑子「找不到婆娘！」以前曾有媒人說媒，讓他把女兒嫁給二黑子。現在，這事正好讓他嘲弄二黑子：「也不尿泡尿照照，嫁你？扔下河也不嫁你！」

前面來了輛吉普車，鳴著喇叭，示意他讓路。

在這種情緒之下，更容易使阿四把那種鄉下人的傲氣和「平起平坐」的平民精神頑強而可笑地表現出來。「憑什麼我要讓路！」他稍稍踟躕了一下，挑著擔子，踏著小步，很快地朝前走去，任喇叭嗚叫，死活不肯讓路。

吉普車在離他兩米遠的地方被迫一下剎住了。剎車聲尖利刺耳，把阿四嚇得心哆嗦了一下，但臉上絕無恐懼，鎮靜得叫人不敢相信。

從車上跳下駕駛員：「你長耳朵沒有？」

阿四放下擔子：「問誰哪？」

「你！」

「你眼瞎了！你對著人就開過來了！」

「你他媽眼瞎了！」

阿四抽下扁擔：「你個婊子養的，膽大！」

駕駛員抓住扁擔，兩人就扭打起來。

路邊地裡有很多人幹活，扔下傢伙，嗷嗷亂叫，斜橫裡跑上公路來看熱鬧。他們並不勸架，只是圍著，叫著，跳著，拍屁股，拍巴掌。不可思議的是，這些莊稼人一律都歪在阿四一邊，爲他吶喊，爲他助威。對吉普車以及吉普車上的人，他們莫名其妙地有一種反感和仇恨。有兩個人做勸架狀，但實際上與阿四合著力量巧妙地在暗中給駕駛員以打擊，駕駛員只能靠著車身招架了。

「婊子養的，打不死你！」阿四叫著，「你也不認認老子是誰！」

車裡又下來一個書生模樣的人：「你們別打了，這是周縣長的車！」

周縣長下車了。

圍著的人往後撤去，只有阿四堅如磐石地立著，絕不動搖。阿四就是阿四。阿四是見過世面的，是有膽有識的。阿四怕什麼？阿四閻王老子也不怕！

周縣長畢竟是周縣長。他不能混同於戴白手套、架墨鏡的駕駛員，他得有涵養和氣量，得有一個父母官的寬厚和大度。他走上來，極符合身分地把手放在阿四的肩上：

「我的車沒有碰著你吧？」

肩上這隻沒有一點分量的手，卻使阿四感到有點氣虛了，但嘴還是十分地英勇：「碰我？碰碰看！」阿四竟然對周縣長吹牛了，「我學過氣功！」

人群中擠出一個大隊書記來，認出了周縣長：「這不是周縣長嗎？」隨即對阿四，「你爲什麼不讓道？」

「爲什麼要讓呢？」

「這是周縣長的車！」

「哦，原來是這樣。」阿四把扁擔一頭擱在一隻桶上，在扁擔上坐下，並蹺起腿，「縣長是人，我也是人。他當他的縣長，我箍我的桶；我做不了他的縣長，他也箍不了我的桶。

我倆沒有高低。憑什麼我就要讓他呀？」

大隊書記：「大膽！阿四，你有多大本事，好跟周縣長比？啊？」

阿四極有風采地把胸脯一拍：「不是我阿四吹牛皮，對面河邊有一只糞桶，我只要在河這邊瞄它一眼，在河這邊打一個箍，你們拿過去，若不正好箍在它的肚子當中，大了，小了，你們把我腦袋拿了去當便壺。」

這就使他的同夥們也不敢相信了：「這阿四把牛皮吹得太大了。」

周縣長笑了起來：「你眞能嗎？」

「泰山不是堆的，牛皮不是吹的。」

這周縣長很樂於平易近人。跌下身分，跟百姓們開個玩笑，打個賭，也許更有縣長的風度。於是便說：「好，我見識見識。」

阿四聽不出這是好話還是壞話，直愣著。

周圍的人慫恿他：「阿四，你可不要說空話。」「阿四，露一手！」「阿四，來呀！」「來呀！」……

阿四「嘩」地揭開桶蓋，拿出一根蔑條來：「人閃開！」

人閃開。

阿四坐在桶上，朝對岸的糞桶瞄了瞄，眨眼間打了一個篾條箍，扔在地上。

有人把那只糞桶拿過來，將篾條箍往糞桶上一套，果然不大不小正好箍在糞桶中間。眾人先是一片寂靜，隨即大譁。

周縣長一拍阿四的肩：「了不得，了不得！我沒想到我們縣裡有這麼一個箍桶匠！」轉身叫道，「李祕書。」

「在這裡。」

「你把我家的地址留給這位師傅。」又問阿四，「請您幫我箍兩只桶，怎麼樣？」

「只要你瞧得起我。」

「小王，」周縣長叫駕駛員，「我們應該給他讓道。」

「哪能叫縣長讓道。阿四，還不快把你的擔子挪開！」大隊書記說。

阿四心裡想這樣，可又怕眾人笑話他，虧得有人過來幫他拿開擔子，給了他台階下。

吉普車絕塵而去。

「這周縣長人好！」

「瞧人家縣長！狗日的駕駛員反而凶神惡煞的。」

阿四不屑於與他們議論這些，挑起擔子，看也沒看那些莊稼人，步伐穩健地朝城的方向走去。等離人群遠了，他掏出那個李祕書給他留下的周縣長的地址。他不識字，但卻把那張兩指寬的紙條翻過來倒過去地看。他有點受寵若驚了。他又哼起快活調來，一黑子給他的不快頓時蕩然無存。

這次具有古代傳奇色彩的狹道相逢，是珍貴的。

阿四儘管說了很多羞辱城裡人的話，但卻又是極願意自己的女兒進城做工的，無奈自己只是一個箍桶匠。他常常想到這一點，又常常尖刻地譏誚自己：「做夢呢。」他認定這是奢望。沒想老婆突發奇想：「你就不能請周縣長幫個忙，把兩個丫頭弄一個進城？」老婆講這話，多半是無聊極了尋開心的，可阿四卻眞地活動起這個念頭來：「我給周縣長做了整整兩天活，那活做得讓周縣長一家子叫絕。早早晚晚地加起來，我和周縣長聊天足有一個半小時。我們兩個談得來。他還給我說笑話，說一天一個瞎子碰到一頭驢子……幹完活那天晚上，他跟我一人一面對喝，還和我碰杯，少說三回。我們有交情。」於是不久後的一個早晨，人們看到阿四肩扛一只米袋(剛收下的新米)，右腋下夾著一隻老母雞，左手挎一簍雞蛋進城了。

周縣長答應「在可能的情況下」可以幫他這個忙。

隨即，阿四家充滿了緊張欲爆的氣氛。大女兒和二女兒都爭著要進城，先是嘀咕，後是吵嘴，再後來索性互相打將起來，一個一把揪住對方的頭髮，一個兩手抓住對方的衣領，在茅廬中，像兩位交手後難分勝負的武林女俠在地上轉動著，嘴裡互相惡狠狠地：「讓你進城去享福！」阿四拍桌子呵斥，罵「狗日的」，也全然無濟於事。最後只好氣哼哼地去請丫頭們的舅舅。這地方上誰家發生內訌，總是請舅舅，舅舅是最高裁判。舅舅裁決的結果是：「上茅房還論個先來後到，大ㄚ頭去。」

大ㄚ頭去了。工作是幫助屠宰場拔雞毛，計件工資，每隻一角，一天能收拾十五六隻。這份薄酬對於一個鄉下ㄚ頭來說，也就夠令人情緒亢奮和感到幸福無疆了。

阿四的想像力變得異常豐富了：兩個ㄚ頭，城裡一個，鄉下一個，我城裡住半個月，鄉下住半個月；城裡待煩了，去鄉下，鄉下住膩了，去城裡；城裡有城裡的好處，鄉下有鄉下的好處，我都占；我想喝酒，有酒喝，想看戲，有戲看，想怎麼著就怎麼著；再挑幾年箍桶擔子我不挑了，我阿四也是個有福之人！

走在眾鄉親面前，阿四覺得又高大了許多，菸捲扔得也就更慷慨了。有幾個人家有人在城裡工作呢？城裡！當然，對女兒具體幹什麼工作，他守口如瓶。拔雞毛——這不好聽。有人追問，他便會機智地將人的思路岔開去。「管他幹什麼，反正是在城裡工作。」

但，阿四絕沒有因爲家裡有了城裡人而「忘本變色」。他對城裡人的譏誚永遠充滿興致和熱情。

一群人在地裡幹活。阿四挑著箍桶擔子回來了。他把擔子擱下，坐在扁擔上。像吃慣了食的魚們，人們從地裡紛紛走到田埂上，來接受阿四的菸捲。這已成爲一種習慣。

「阿四，又有什麼新鮮事？」

阿四每次總能有新的談料：「眞讓人發笑！前天，我去劇場看戲，看完了，來了一群警察，叫穿裙子的女人都留下。你們猜幹什麼？檢查！檢查裡面有沒有穿褲衩……」

「聽說城裡女人都是光屁股穿裙子。」

幾個湊熱鬧的女人搗著嘴格格地笑。

阿四說：「你們以爲這是假的？眞的！後來一查呀，十個有九個是光屁股。罰款！讓家裡人送褲衩來領人。」

男人們也笑了。

「涼快。」

「舒服。」

二黑子馬上就來一條新近從書上學來的歇後語：「光屁股穿裙子——與人方便與己方便。」

於是，男人女人一起大笑。甚者，笑得死去活來。

遠遠地走來一個穿裙子的姑娘。

於是，全體男人和女人把這個姑娘當作活靶子，進行了極有創造力、極有快感的形容、嘲笑和挖苦。笑聲此起彼伏。其中兩個女人笑得趴在了地上，一個男人笑得口涎垂垂。

阿四不大笑。阿四不比他們這些粗俗的人。但心中暗暗爲自己的講話才能和能給他人帶來快樂的品質而自愉、自得、自足。

人們的笑聲漸漸稀落下來，後來像刀切一般，全都同時打住。

阿四臉上的表情一時來不及收回去，凝在了臉上，一副窘相。

走來的正是城市姑娘——阿四的大丫頭。那豔麗的紅裙子，如一團烈火，熊熊地滾動而來，灼人眼睛。大丫頭雖說進城時間不長，但一踏上鄉間野路，便冒出城裡人的清高之氣，不太容易把鄉下人放在眼裡。奶油色高跟鞋，加上這條裙子和那兩條被城市悶白了的大腿，使鄉下姑娘黯然失色。這一點，她從那些姑娘們羨慕和嫉妒的眼神中已經感覺到。往常嘴挺乖的大丫頭，現在見了那些大伯大嬸，居然不叫一聲，只是一笑，從他們面前燃燒著過去了。

阿四把腦袋壓到了兩腿間。

大家都顯得非常尷尬，偷瞧阿四。

二黑子忽然狂笑起來。

阿四立起，走過來，一把將二黑子嘴裡的菸拔出，扔於地，用腳尖狠狠研磨，直至碎末。然後，挑起箍桶擔走了，頭也不回。

路上，阿四在心裡揮舞著拳頭，發狠要像拆一只舊腳盆一樣，把大丫頭「打散架」。他將擔子從左肩換到右肩，再從右肩換到左肩，樣子很像一位江湖俠客與冤家對頭決鬥前在運氣。

然而，回到家中，他卻並未發作。

自從大丫頭成爲城裡人，毫無覺察之中，他對她似乎有了幾分敬畏。大丫頭一回家，他稱她「寶寶」，並問：「寶寶餓嗎？」不等大丫頭作答，便令老婆「給寶寶炒兩只蛋去！」他不想偏心，可還是不由得偏心了，晚上竟讓二丫頭「給姊姊弄盆洗腳水！」「把姊姊的洗腳水倒了！」後來二丫頭終於起來捍衛自己的平等和尊嚴了，把眼一斜，走進房裡，給他一個響亮的「咣噹」關門聲。對此，他也無由發火。他自己竟然給大丫頭倒了兩回洗腳水。

現在，他只冷冷地瞥著大丫頭的裙子，沒叫「寶寶」。

晚上，他埋頭進餐，稀飯喝得特別多，滿屋子「稀溜稀溜」聲，直至胃不肯再容納，才把碗擲在桌上，以示「老子今天有氣」。

吃完了，他就睡，倒也很快就響起鼾聲來。到了半夜，整個世界都一片靜寂時，他卻醒來，繼續生起氣來，並輾轉不安。這氣在他的血管裡流竄，在他的太陽穴裡跳動，在他的胸腔裡鼓脹，眞是「氣不打一處來」。後來，他終於再也無法忍受，揭被而起，氣哼哼地跳到地上。驚醒了的老婆問：

「老頭子，你怎麼啦？」

他從碗櫥裡掏出一個碗來，舉起——可又放到桌上。繼而，他大聲嚷嚷：「她也學起城裡人來了，穿裙子！」他努力要把大丫頭嚷醒。

大丫頭醒了，回嘴：「穿裙子礙你什麼事！」

「你給我滾回來！」他把碗重新抓住，高高揚起，毅然決然地用盡全身力氣將它摜在地上，瓷的粉碎聲在靜夜中十分清脆。

大丫頭不加理會。

他氣哼哼地上床了，嘴裡不住地說著「你給我滾回來」，只是聲音漸弱，後來就又入睡了，呼嚕聲漸漸強烈起來。

半年後，大丫頭眞的「滾回來了」。不過，是人家讓她「滾回來」的。

關於大丫頭「滾回來」的原因，村裡說法不一。有的說，大丫頭是個臨時工，有活幹就幹，沒活幹就請回了。有的說，大丫頭被城裡小流氓誘惑了，做了那種事叫人抓住了，讓廠裡開除了。還有的則說，大丫頭手腳笨，做不來城裡活，給辭了。二黑子不知哪來的消息，說大丫頭正如阿四所言，光屁股穿裙子被發覺後，認爲有傷風化，給攆回來了。

「活該！」阿四道，「就知道你不會待長久！」

大丫頭就哭。

二丫頭就唱。

阿四一連半個月沒挑箍桶擔出門，只是待在家中，時不時地顯出幸災樂禍的樣子，來一句：「回來好！」

可是一天早晨，二黑子叫了起來：「你們看呀！」

阿四肩扛一只米袋，右腋下夾著一隻老母雞，左手挎一簍雞蛋，又進城去了。

一九八五年三月六日於北京大學二十一號樓一〇六室

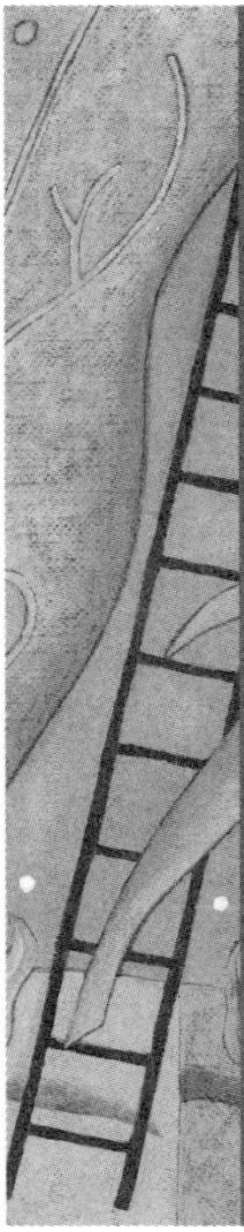

酒仔

阿易丟了面子。

面子丟在海邊岳丈大人家，讓他丟面子的是三個「合屁股」（意爲他們的妻子皆出於同一女人）連襟。三個都是海邊產物。性情粗獷，豪飲善啖，並喜歡欺負生人。他們是在他由媒人相陪來送「日子」（即婚期）的那天，於岳丈大人家用酒爲難他，逼他顯出窩囊和無能來的。最後以當地規矩，迫使他鑽進桌底下，繞桌腿三周，讓他們好一頓耍弄。

阿易半夜醒酒後，連夜回到家裡。媒人肚裡擱不住二兩油，很快將醜聞傳遍鄉里。這裡人聽說後，就不太瞧得起阿易了。

大丈夫報仇，十年不晚！

阿易暗暗地與那三個「合屁股」仇恨上了。這仇恨並一天一天地加深著。因爲阿易那次「屣」了以後，三個「合屁股」就越發肆無忌憚地不將他當回事了。逢年過節，或是岳父岳母過生日，幾個女婿湊在一起吃飯，那三個就會起鬨：「喂，你能不能喝酒？不能喝就不要上桌。」「去去去，跟她們女人坐去。」杯子被他們笑著從他手中硬奪了去。阿易極尷尬，只好坐到女人桌上。而那些女人又乘機不知輕重地拿他開涮。他似乎是他們用來佐餐的一碟酸醋。他們常開很過分的玩笑。那玩笑是極傷自尊的。他們又有錢，於是就把瞧不起他的神情公開寫在臉上。

大丈夫報仇，十年不晚！

阿易發誓，他絕對不能對不起先人。

阿易隱隱約約地記得一些事情。這些事情，有的是他親自看到的，有的是聽人說的，這些事情都是關於他的父親阿福的。一回，家裡來客，阿易母親讓阿福去小鎮割兩斤肉。回來匆匆，走一座獨木橋時，沒抬頭看人，待走到橋中間再抬頭，發現另一個人也走過來了。他本想回頭讓那人，但見橋那頭有幾個鄉親們站著看他，便立在橋中間：「唉，你這人，怎麼不看看橋上有人了呢？」「你怎麼不看看呢？」「少囉唆，你退回去！」「幹嘛該我退回去？」「說得好呢，難道還要我讓你不成？」「照你說，是要我讓你了？」「那讓你先過？做夢！」「讓你先過？做你大春夢呢！」兩人就在橋中間僵持著。這邊人越來越多，但都不說話，只是瞧著。每逢遇到維護這樣大是大非的事情，他們都是這麼靜穆地、極嚴肅地注視著。時間越長，阿福就越不能退回去。僵持的時間越長，就越得僵持。「阿福到底沒有頂得過人家！」——阿福能接受這樣的現實嗎？阿福已完全沒有餘地了，只有堅決地立在橋中間來捍衛自己的面子了。其時正是三伏天氣，太陽炎炎地曬著他的禿頂，汗像小水溝裡的水從頭上凶猛地往下流。妻子在家等肉呢，左等右等不見人影，便尋來了：「孩子他爹，你幹嘛哪？」阿福說了由來，把肉扔了過去：「你把肉拿回去趕快給客人燒菜，吃飯。別忘了給人家倒杯酒。我一時半會兒地回不去。」

這事的眞僞，阿易不能辨別。但阿易親眼所見的，給他的印象，遠比這事深刻得多。

阿福老得臥床不起了。阿易孝順，請來醫生。昏迷中，阿福聽醫生說：「我開一服價值五十塊錢的藥，也許還能讓他撐幾天。」醫生走了，阿福叫阿易過來：「五十塊錢一服藥？」「嗯。」「你把五十塊錢給我。」「給你幹嘛？」「你給我。」「我要買藥。」「你先給我！」阿福固執著。阿易只好把五十塊錢放到他手裡。「你爸是老了，老了就該走了，這是定數。別白花了這五十塊錢。讓我先留著。」他把錢塞到懷裡。「你留著幹嘛？」「有用。」阿福臨死前，把這五十塊錢掏出來交給阿易：「你爸要走了。」「你有什麼話要說嗎？」阿易把耳朵貼近他的嘴，只聽見他微弱地囑咐他：「你要把喪事辦得體面一些。」

阿福的喪事的確辦得很體面。單白布就分掉兩匹，沾親搭故的都分到了。紮紙房子紙馬之類，就花了四個工。紙錢灰燒了一大堆。這裡的風俗，誰家死了人，如果覺得死者有福，便要來偷他家的碗。碗是吉祥物，意爲日子好，碗裡天天有好吃的。人來偷碗時，主人家睜一隻眼閉一隻眼。因爲偷得越多，就越榮耀。阿福是讓人尊敬的人，是福人。阿易買了一百只藍邊碗讓人偷去。「燒六七」（死者歸天四十二日）時，專門請了高橋頭的和尚放了整整一夜焰口，男女老少都來看，一直看到東邊天上發白。

人們都說：「阿福的喪事辦得眞體面。」

阿易是阿福的兒子。

大丈夫報仇，十年不晚！

阿易終於生了一個兒子。他一見了孩子腿間的寶貝小疙瘩，便跑出門去哈哈大笑，笑得人們都呆了。第三朝，他用筷子蘸了一滴酒，放到兒子可愛的小舌頭上。

「幹嘛？」妻子問。

阿易一笑。

四朝，二滴；五朝，三滴；六朝，四滴……

說話間就快到兒子阿毛十歲生日這一天了。阿易要全力以赴給兒子做生日。不能讓鄉親們小看，更不能讓孩子媽娘家親戚小看，尤其不能讓三個「合屁股」小看。雞魚肉蛋買足了，他就進城買酒去。鄉下酒度數太低，他要買六十五度的一劃火柴就冒藍火苗兒的燒酒。

酒有很多種，他猶豫著進進出出無數次，最後把牙一咬，買了名牌的大好燒酒。可再掏錢買糖塊時，發現囊中已很羞澀了。他想把酒退了，還買中檔的。可心裡不願。盯住玻璃櫃裡那些用彩色玻璃紙包的、亮閃閃的高級糖塊看了半天，他閉起眼睛，猛烈地搖了搖頭，將錢全部掏出，買了兩斤廉價的糖塊。走出食品店，他把那袋糖果舉起來看了看，覺得它比在用燈照著的商店裡看時更寒磣。他有點想把它倒在馬路上了。上回，大連襟家的兒子十歲，分了那麼多糖塊，都一律是包了金紙或玻璃紙的！他一屁股在食品店門口的台階上坐下了。吹過一陣風，把地上花花綠綠的糖紙吹得跳動起來。他雙眼刷地一亮，下意識地看了看四周，便去撿那些好看的糖紙。反正也沒有熟人。他用渴望的眼睛緊張地尋覓著，不讓一張好看的糖紙逃過自己的目光。一對青年男女互相摟著出來了。姑娘剝了一塊糖，用蘭花指捏住，踮起腳，把它送到男的嘴裡。那是一張多麼好看的糖紙啊！阿易等她扔到地上。可那姑娘並不把它扔下，而是舉在眼睛上，朝太陽看，朝她的小夥子看，又朝他看，弄得他像被搔癢似地很不好意思。他們走了，姑娘還是沒有把糖紙扔下，只是捏在手裡玩。「一張糖紙，有什麼好玩的呢？」他不自覺地跟著。青年男女覺得後面有人跟著，一起回頭看，目光裡含著討厭。阿易趕緊轉過臉去，裝著若無其事的樣子，看賣冰棍的老太婆。姑娘一皺鼻子，把揉成團的糖紙扔在地上。他回頭時，他們已走遠了。他發現了那個紙團，撿起來，展開，也舉到眼睛上，那世界便五光十色地招人愛。

晚上回到家裡，他把那兩斤廉價糖塊的糖紙全部剝去，用他撿來的那些高級糖紙再把糖塊一一包上。燈光下，那堆糖塊發出動人的光采來。

親戚們都來了，阿易把糖塊「嘩啦」倒在桌子上：「吃糖吃糖！」

話很快傳出去：「阿易家的糖塊一般人家是用不起的。」

阿易先得到了小小的滿足。但大滿足還在後頭。

大丈夫報仇，十年不晚！

入席了，阿易特請四個表弟陪三個「合屁股」。大表弟是當地的酒魁，其他三個表弟也都很有酒量。他們把一筐白酒拖到了桌下，對三個「合屁股」：「你們都是海量，可別把我們灌醉了。」

「還差一客呢。」大連襟對阿易說。

阿易說：「沒人了，空座吧。」

阿易把阿毛拉到廚房裡，將一塊帶有很多肉的骨頭塞到阿毛手中：「兒子，全啃了，墊墊底，待會，陪你三個姨父喝酒去。」

待客都坐定，阿易向諸位抱拳作揖，在照例說了一番謝客的話後，便開席了。

阿易特地走到「合屁股」這一桌：「四位表弟，孩子他三位姨父打老遠來，你們可千萬別怠慢了。」

「放心。」表弟們說。

大表弟站起敬酒：「三位姨父，我大哥交代了，我們四個不敢不好好陪你們。來！」

七只酒杯都空。落座，吃菜，談些有趣的事情。

二表弟站起：「三位姨父，別光吃菜，來，喝！」

海邊上的人直，少點心眼，心想，喝就喝，「噹噹噹」一陣碰杯。

七只酒杯都空。落座，吃菜，談些有趣的事情。

三表弟斟酒後，雙方照例為獲得一種吃酒的節奏，滿呀淺呀的很計較地爭執了一陣。四表弟拿過酒瓶：「沒想到你們海邊上人還這麼不大方，看著！」他把他們四人的酒杯都斟得漫了出來。

大連襟便把酒瓶拿過，也把他們三人的酒杯斟得漫出：「喝！」都說：「喝！」

七只酒杯都空。落座，吃菜，談些有趣的事情。

又是幾輪，大連襟要把酒瓶拿過手：「給我！」

四表弟不給：「你們不能喝就別逞能！」

大連襟說：「給我嘛！」

「今天是我斟酒。」四表弟抓住酒瓶不放，「你們到底能喝不能喝？」

「說得好！」二連襟說。

三表弟：「那你們就多喝一杯給我們開開眼。」

大連襟抓起酒杯，二連襟、三連襟剛想叫他別喝，一杯酒卻早已落肚了。

大表弟一豎大拇指：「我早就看出，大姨父是條好漢。」說完，他用輕蔑的目光看了看二連襟和三連襟，「你們兩個……哈，哈哈！」

二連襟和三連襟拿起酒杯就喝，然後將空杯來回晃著。

一看陣勢有點不對頭，大姨子、二姨子、三姨子和岳父岳母從另一張桌上下來了，圍到這邊看著。三個女人都叫各自的男人別多喝，可都被他們崩了回去：「少管！」他們還不太把四個表弟放在眼裡。

而這四個表弟都是絕人，能喝，更能說，心眼多得不得了，七繞八繞，就把三個連襟繞進去了，白白地比他們多喝了幾杯，還遭他們四個冷嘲熱諷。

眾人都停住筷子朝這邊看。

阿易拉住阿毛的手，站在一旁冷冷地笑。

「喝！」大表弟說。

三個連襟似乎意識到事情有點嚴重，想放慢點。

「怎麼，嫌酒差？」二表弟說。

隔壁桌上有人說：「酒不差，當地名酒。」

「不行不行，你們不行。」三表弟把頭搖得晃人眼睛，然後朝眾人一攤手，「他們哪兒能喝酒！」

三個連襟一起站起來，仰頭一口。然後晃杯，坐下。

三個女人去廚房找阿易的妻子：「你去勸勸他們，別再鬧酒了。」

「不勸。人家會說我們捨不得酒呢。」

三個女人又把老頭子拉到一邊嘀咕，讓他去對阿易說。

阿易聽完岳丈大人的話：「他們才喝了幾滴酒呀？別人不知道，我還不知道他們的能耐嗎？要嘛，就是瞧不起我。」

岳丈大人只好退到一邊。

三個連襟漸漸不支了。四個表弟便你一言我一語地挖苦，奚落，有時還借著酒瘋說兩句髒話。但，他們也漸漸不支，不敢叫陣了。三個女人和老頭子見酒潮已去，才將心放下，坐回到了自己的座位上去，其他桌子也喊成一片：「菜涼了，吃菜吃菜。」

大丈夫報仇，十年不晚！

就在將要恢復平靜時，阿易忽發一聲喊：「別忙！」並把阿毛推出，「兒子，那一個座位早留著給你的！」

阿毛坐上去。

阿易說：「兒子，你三個姨父打老遠來給你做生日，難爲他們了。你還不請他們酒？」

這阿毛一見酒，兩隻眼睛發亮，先往酒杯裡掉了兩滴哈喇子，然後傻乎乎地憨笑著，用小手抓住酒杯就往嘴邊送，被阿易喝住了：

「你這小東西，請姨父喝呀！」「姨父，喝！」阿毛舉起酒杯。

三個「合屁股」愣住了。

大表弟說：「阿毛這麼一個小毛孩子家，跟你們拿一樣大的酒杯，請你們喝，好不喝嗎？」

臨桌有人坐著叫：「孩子請的呀！」

三個「合屁股」站起，對阿易：「你是想把孩子弄醉了？」

阿易一笑：「醉了是他的事。」

「有你這話就行。大家都聽見了。阿毛，你爸說了，你醉了不怪我們。來，喝！」

阿毛「咕咚」一口，像喝白水似的，不在乎。

「吃點菜。」有人朝阿毛叫。

阿毛不吃菜，卻用眼睛滿桌找：「酒瓶呢？」

二表弟從桌下拿出一瓶酒來，打開，給他們斟上。

「阿毛，我們喝兩杯，你喝一杯。」二連襟說。

「不，」阿毛直搖小手，「我不嘛，你們喝一杯，我喝一杯。」

岳父對阿易說：「別讓孩子喝了。」

阿易說：「陪三個姨父喝的，醉了就醉了。」

二表弟從桌肚下又摸出三瓶酒來：「我說這樣吧，一人一瓶。」

阿毛一把搶過一瓶未啓封的，抱在懷裡。

二表弟奪下了，把已倒出四杯的那瓶給了他：「阿毛，你小孩子家就吃點虧，把滿瓶的讓給三位姨父。」「嗵嗵嗵」，一人面前放了一瓶。

眾人又都起來了，圍住這張桌子。

阿易的妻子也走過來看。

「阿毛如果能把那瓶酒喝了，說得好，我們若不喝了，不算人！」大連襟說。

四個表弟乘機開心：「不算人，那算什麼東西？」

「茶壺。」

「河蚌。」

「椿。」

「山芋。」

一陣哄笑後，阿易大聲地：「大家都聽明白了，他們說的，阿毛把酒喝了，他們也把酒喝了。」

阿毛不等宣布開喝，拿起酒瓶咕咚咕咚就是幾大口。

有人喊：「不得了！」

又有人說：「阿毛喝一瓶酒，等於玩。」

三個「合屁股」頭已昏熱，心怦怦直撞，可見阿毛喝了，只好也抓起酒瓶放到嘴上。只喝了一小半，就覺得不行了。而那小阿毛吃吃喝喝，臉都不紅，還朝人眨眼耍鬼臉。

「喝呀，看阿毛都喝了一大半了。」小表弟說，「你們就這麼不中用嗎？」

老岳父見三個女婿一個臉紅，一個臉白，一個臉青，皆不濟事的樣子，上來說情：「幾位表弟，這酒就喝到這裡吧？」

阿易的妻子一把將老頭拉開去：「爸，你才說得好呢！當年，他爸去我們家，他們三個鬧他的酒，你怎麼就不說一聲呢？」

老頭只好乾笑著，一邊待去。

阿易走過來，笑嘻嘻的：「你們倒是喝不喝了？」

三個「合屁股」認屣了。

「嘻——！」大表弟直搖頭，「說話等於放屁。」

二表弟：「你們三個是站著撒尿的嗎？」

三表弟：「我們這地方在酒桌上還未見到過這樣耍屣的。」

四表弟：「開了眼了！」

這三個「合屁股」腦子已被酒給麻酥了，不好轉動了，不知怎麼對答，也拿不出主意來，呆呆地聽他們耍笑。

「吃飯吧，吃飯吧。」有人說。

眾人又坐回到座位上。

大丈夫報仇，十年不晚！

阿易把阿毛的空酒瓶舉了起來：「慢！」他把酒瓶放下，對三個「合屁股」說，「我們這地方上也有規矩：要嘛，就把酒喝乾了；要嘛，就讓人捏住鼻子灌；要嘛——這一點與你們那兒不同，不是繞桌腿子，而是當著眾人學狗叫。」

岳父上來勸解，被阿易用手有力地擋了回去：「不行！」

四個表弟杜子一般站起來。

鄰桌有人叫：「還是學狗叫吧。讓人捏住鼻子灌，難看。」

四個表弟走過來了。

阿毛興奮地跳起來：「噢，要捏鼻子灌酒了！」

大連襟「汪」了一聲，接著二連襟、三連襟也各「汪」了一聲。

阿易不饒：「不行，大家沒有聽見！」

眾人：「沒有聽見！」

於是，他們只好重又大聲地「汪」了一遍。

一個小時以後，人們在草垛下找到了大連襟，在豬圈後面找到了二連襟，在臭水溝邊上找到了三連襟。

三個女人就罵：

「殺千刀的！」

「現人眼的！」

「就不死呢！」

這地方上的人把外鄉人耍了，很興奮，皆露出矜持、自傲的神情來。

阿易非常慷慨，從客人祝賀阿毛生日的錢裡取出三十塊，專門雇了一艘掛帆機船：「路遠，用船送你們回去。」

阿易又得到一番歎羨：「阿易家用輪船(又成了輪船了)送客人。」

「輪船」載著三個還未醒來的「合屁股」和其他海邊上的親戚離開了岸邊。說了一大堆客氣話的阿易站在高處，神情平靜地朝「輪船」揮著手，一直揮到「輪船」拐彎看不見、其他人早撤了。

大丈夫報仇，十年不晚！

「阿易。」有人叫。

阿易回頭：「六指，有事？」

這六指開了個小商店。

「有事。」

「什麼事？」

「我這店裡酒老丟。」

「肯定是誰偷了。」

「當然。我就悄悄地躲起來看著。昨天，我一把將他逮住了。」

「誰？」

「你家阿毛！」

「阿毛？」

「阿毛！」

阿易看了看四周，見不遠處有人，忙把六指拉到一邊：「我賠錢。」拿出一張五塊的。

六指推了回去：「不夠。」

阿易又加了一張五塊的：「夠了吧？」

「不夠。」

「要不要？不要我可一文也不給了。」

「你說的？好，我讓眾人評理去。」六指說著就走，立即被阿易拉住：

「你別嚷呀！你說給多少？」

「再加一張十塊的。」

「你心也太黑了。」

「不給，我就嚷去！」

「給！」阿易一咬牙，把口袋翻了出來給人看，「再對人說去，就是狗日的。」

「狗日的。」

村巷裡，醉了的阿毛，光著大肚皮在搖搖晃晃地走。一群孩子拿著草棍兒跟著，不時地捅他一下。他一回頭，他們「噢」的一聲驚叫，四下裡逃去。待他又往前走時，他們便又跟了來……

一九八七年四月十日於北京大學二十一樓一〇六室

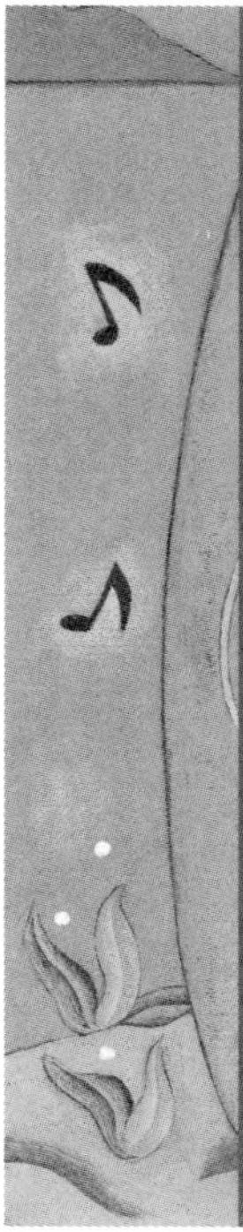

板門神

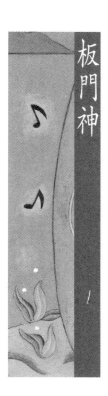

「板門神」是陳三的外號。我們老家的門，都爲兩扇，門板很高。因陳三個頭十分高大，一副威風凜凜的樣子，因此地方上的人都叫他「板門神」。

這人早死了。

我的印象中有他時，我大概也就七八歲。他家住東頭的三王莊。去西頭小鎮上割肉或抱隻老母雞去集上賣，他總要從我家門前的田埂上過。那田野很空曠，田埂墊得又很高，在遠處幾株矮小的苦楝映襯下，那高大的形象就很生動，勾得我總是站在家門口久久地注視著他。

他不與人說話，總是那麼沉默著獨自一人走他的路。我甚至沒有聽到他咳嗽過一聲。在我的記憶裡，他只是一個巨大的無聲的身影。

他的衰老很突然。在我十歲時，有一陣時間，我沒有再看到他從田埂上走過。母親說：「板門神有好些日子見不著了。」口氣裡有些遺憾，彷彿他從田埂上那麼默默地走，是一道風景。

我再見到他時，他已駝背了，並且是一下子就駝得那麼厲害，幾乎成了九十五度的彎曲，上身向前令人擔憂地斜傾著。樣子很像吃草的老牛。

母親在菜園裡拔草，望著他的身影，輕輕歎息了一聲：「人說老就老了。」

即使他駝成這樣，但在我眼裡，他似乎還是要比別人高大一些。

我父親在當地號稱「小說家」，非常善於敘事，言談之中，就有了一串關於板門神的故事。這些故事我至今還一一記得——

據說，天曾有過某種預示，這一帶日後將要出個皇帝，而這位板門神則是皇帝的一員大將。可是後來這件好事被一個吃喝嫖賭的二流子一泡尿給破了。皇帝不會再出，於是，陳三也就只能永在這窮鄉僻壤待著，只能給人家打打短工混口飯吃了。

陳三長到十六歲時，體格已經異常高大，很有一把力氣了。然而他天性懶散，嘴饞好吃，吃得很多，卻不肯幹活。他很愛睡覺，睡的地方也很不講究，或大樹下，或草垛旁，或田埂上，或麥地裡。有人看到他將腰擱在旋轉的風車杠上，頭與腳皆懸掛著還晃晃悠悠地睡到日落西山。醒著的時候，他不是找吃的，就是到處遊蕩，或者與那些從他胯下可以自由地鑽來鑽去的小孩們玩耍，樣子很不等稱，讓人看了發笑。

他的父親終於看不下去了：「吃飽了等天黑的東西！你也不小了，不能整天吃吃耍耍，耍耍睡睡，癡長那麼個大個。明天，給我下地拉犁！」

陳三並未頂撞父親，點頭答應了。

這地方多水地，漚一冬天，來年開春犁一遍，然後耙平插秧。泥很爛，很深，一張犁（這地方，犁的量詞是「張」）需由四人拉，一人扶犁梢。拉犁的一般都得選身強力壯的。扶犁的似乎不用太大的力氣，但這是一份功夫活，犁深犁淺，犁直犁彎，全在他扶著犁梢時的一搖一晃之中，因此一般都由一個多年種田的人去做。常是幾張犁分別在幾塊地裡同時進行。此時，大家就得摽著勁地去做這份活：四個漢子，身體微側著前傾，腦袋向下死死勾著，像四條抵牾的牛，犁繩繃得結結實實，彷彿隨時都能「喀嚓」一聲斷裂，那犁就像有了強健的生命，在水中勇往直前，一條條粗壯的閃動著的腿加上這張犁在水中的前行，把春天寂寞的水地搞出一片「嘩嘩」水聲，從而造出一份讓人心歡的喧鬧。

小時候，我很喜歡坐在田埂上，癡呆呆地看這種情景。

陳三有兩個哥哥。原先，陳家拉犁，或是從親戚家請來一個漢子，或是從旁人家借來一個漢子，加上陳三的兩個都也有一把力氣的哥哥，由陳三的父親扶犁，來完成一個組合。而陳三來到田邊時說，他不要那個從舅舅家請來的表哥，兩個哥哥也不全要，只要其中一個：「夠了。」

父親瞪了他一眼：「狗日的，逞能！」

來回拉了兩趟，陳三嫌哥哥走得慢，嘴裡就嘟嘟囔囔地不快活。又拉了兩趟，他一腳將哥哥的腳後跟踩疼了，哥哥惱了，就轉身瞪了他一眼。他覺得從一開始，這活就做得不爽、不痛快，心裡正不快，見哥哥朝他瞪眼，揮起一拳就把哥哥打倒在水中：「你他媽的，死開去！」

哥哥從水裡抓了兩把爛泥，本想還擊一下的，見陳三臉上寫著：你敢！就雙手一鬆，把爛泥重新放回水裡，洗了洗手走上了田埂。

拉了小半塊地，父親招呼陳三：「你停下吧，停下吧。」

他就停下了。

父親喘著氣，指了指田埂：「你走吧，去耍吧，你不是犁地，你是要你老子的命。」

陳三又不幹活了，家裡沒人敢要他幹活。

他二十歲時，分了家，沒有人再養活他了。他必須去幹活。

三王莊的一個大戶人家立風車，念他力大，便請他去做小工。吃午飯了，主人擺了一桌酒席招呼八個木匠進屋去，就沒有叫他。他坐在地頭上，望著五月天空的好太陽，心裡卻陰陰的不朗：「老子沒有比他們少花力氣！」他看看四下無人，把剛做好的風車大轉盤從河東扛到了河西，然後拍拍手上的灰塵走了。

這邊木匠們吃完一桌好飯菜，一邊用草棍剔著牙，一邊與主人說著話來到地頭，發現大轉盤不見了：「大轉盤怎不見了?」互相望：「大轉盤怎不見了?」四處去找。在河西的水塘裡找到了。那大轉盤是木頭做的，很重，得幾個人才能抬得起。現在又浸了水，沉極。木匠們當然是不會放下架子來抬這東西的。主人沒法，只好請來幾個人吃了一頓糯米粥，把這東西又抬了回來。

人都說陳三這人很耿直。

一回他走三十幾里路，到鹽城城裡去辦事，辦完事就在大街上閒走。地方上有句話：鄉下人上街，不是吃餅就是發呆。爐裡烙出的餅，他並沒有吃，因爲他窮，沒有錢讓他這樣奢侈一下。但發呆是不用花錢的。所謂發呆，就是毫無目的地看，看那些與己無關的景觀，並且是不計時間。也可以說什麼都沒看，就只剩一對鄉下人才有的帶了幾分呆滯，又帶了幾分不知如何應付現實的目光。陳三在登瀛橋（鹽城的一座老橋）東的一爿布店門口已發呆了有一陣了。他看到一個與他一樣不精明的鄉下人猶猶豫豫地站在櫃檯前想買布。他想看個究竟：他到底是買還是不買？

店主決心要把這筆生意做成，用手推開店小二，走過來：「你想買布？」

鄉下人依然猶豫著，彷彿要等個人來替他拿主意。

過去買布論捆。店主故意拿了三捆布放在櫃檯上，卻說：「把這兩捆布買下吧。」

鄉下人一見兩捆布下面還壓了一捆，心裡暗暗歡喜，吞吞吐吐地說：「好，我買。」連忙交了兩捆布錢，抱了那三捆布就要走，店主卻將他的手按住：「慢，我幫你用繩子捆一捆。」捆著時就來一個驚詫：「咦，怎麼是三捆，多拿了。」說著，就把底下那一捆布抽出又扔回到貨架上。

鄉下人無話可說，快快地。

陳三認定店主是欺鄉下人老實好耍，就不再發呆，山一樣壓過去，把門口的光差不多都遮住了，把店主遮在了陰影裡：「這布，我看不夠分量。」

店主仰頭看了他一眼，道：「你量好了。」

論捆賣，不相信分量便可量，但並不用尺量，而是伸開雙臂來量，一捆量十趟。

「你別著急走，我幫你量一量。」陳三對那個鄉下人說。

當時是冬天，他的兩隻胳臂一直籠在袖子裡，現在一拔出來，再一舒展，讓店主人吃了一驚。

「一趟、兩趟……」量下來的結果是，每捆布少兩趟。

店主老大的不樂意，但卻將剛才那一捆扔進貨架上的布又拿來擱在了那鄉下人的手上：

「我多送你一捆。」

鄉下人樂了。

陳三不走，對店主道：「掌櫃的，我也要買。」

「多少？」

「量了再說。」

店主瞧他力大無比的樣子，知道今天不是個好日子，一句話不說，把布捆搬上來。

陳三量了一捆又一捆，越量動作越瀟脫。等量完十捆布時，店主彎腰一臉苦笑：「這位鄉下大爺，先停一下，進裡頭喝點茶。」

陳三就停住了，朝店主憨厚地笑了笑：「我哪兒有錢買布。」說完，轉身出了布店。那店主追出來在他身後喊：「喝杯茶再走。」

因爲力大，性又剛直，陳三從未向人低過頭。三王莊小學校校慶，搭了個彩門。但這彩門的高度是照一般人的高度算的，沒考慮到陳三每天下地幹活要從學校裡穿過，要必經這道門裡走。陳三得彎腰低頭才好通過，於是心中大不悅。通過彩門時，他停了停，身子一直，肩一聳，就把彩門給搞翻了。

陳三力大，但又無處不見陳三的機智。也就是在他把彩門搞翻的幾天後，他父親死了。於是，就有人開他的玩笑：「你這一回總該跪下了吧？總該低頭了吧？」他說：「我們家不比你們家。我們家只有一個老子，不能不傷心。」

陳三的前一二十年過得還算自在，但後一二十年過得不算好。娶了一個妻子不能下地幹活，光會生孩子，日子就很窘迫。但陳三不改樂觀本性，把苦澀的日子一個一個很詼諧地打發著。這地方上的人老老少少都喜歡看到這個褲管、袖管都短得出奇（那時的布匹憑布票供應，但發布票時，並不考慮他的身高）的陳三出現在他們的面前和他們的談話中。

他共有六個孩子。三年自然災害時，餓死三個。後來，又是一場橫貫鄉里的瘟疫，又死掉了兩個。只給他留下一個小女兒。到了此時，陳三就有了老樣，話慢慢變少了，人也不太喜歡走動了，除了仍然下地幹活，就在家裡待著帶那個唯一的小女兒。

不久，妻子又去了。

陳三就只剩下那個小女兒了。他不管走到哪兒，總要把小女兒帶上。小女兒很瘦小，伏在他背上時，就顯得更瘦小，但小女兒異常地乖巧。此時的陳三已不太願與別人搭話了，但，他願與小女兒說話，燒飯時跟她說，到菜園澆水時跟她說，給雞餵食時跟她說，走在路上時，也是不停地跟她說。小女兒一步離不開他，一見他沒影了，馬上就哭。他一聽見這哭聲，就會連忙跑回來抱起她，用大手給她揩去眼淚，然後說：「我哪兒也沒有去，你哭什麼呢？」

大約是在我讀小學六年級時，那年的春天非常暖和，只幾天的工夫，春風就吹得綠柳縷縷，黃花滿地。就在這樣一個鸞好的季節裡，陳三的小女兒又生病了。那天，陳三背著小女兒到了地頭，照例將她放在田埂上，讓她自己去玩耍，他下地幹活去了。往常，小女兒就會在田埂上走來走去，或去追一隻蜻蜓，或蹲下來去採草叢裡的花，是很快樂的。但今天發蔫，坐在田埂上竟不動彈。臨近中午時，陳三朝田埂上望，見小女兒竟然在田埂上躺下了。他便丟下工具來看小女兒。他叫她，沒有回答，伸手一摸她的額頭，覺得她有點發熱，但也不是熱得很厲害。他想回到地裡再去幹活，又有點不放心，便向地裡幹活的人說：「丫頭怕是生病了，我帶她去醫院。」地裡的人說：「那你就快去吧。」他抱起小女兒，一氣走到鎮上醫院。醫生扒開小姑娘的眼睛看了看，又轉動轉動她似乎有點發僵的頸，一通檢查之後，告訴陳三：「怕是得的腦膜炎。」陳三一聽，雙腿就軟了，因為他以前得病死掉的兩個孩子就是死在腦膜炎上，他心裡很清楚這病的厲害。他抓住醫生的手：「你得救救她，救救她，求求你，求求你。」眼睛卻直勾勾地朝病床上似乎睡著了的小女兒看。

掛了一夜的吊瓶，陳三也眼不眨地守了一夜，第二天早上看，小女兒臉色已經蒼白如紙了，兩隻小手緊攥拳頭，雙目緊閉，任怎麼叫她，也沒什麼反應。

醫生說：「得送到縣城醫院去，才有救。」

陳三對小女兒說：「我馬上就來，我馬上就來。」一邊看著她，一邊走出門去。

他要向人家借錢。到縣城醫院去，得花一大筆錢。他到處借，然而，他所認識的人都窮，怎麼也湊不足錢。

有人說：「找劉書記，讓大隊裡解決幾個錢。」

陳三就去找劉書記。

劉書記態度頗冷淡。劉書記一直對陳三不快活。十多年前，劉要做書記時，陳三說了一句很蔑視人的話：「十三張牛屎餅子高，也能當書記。」劉書記是個矬子，陳三從來就沒有將他當碗菜看。話傳到劉書記耳朵裡，就牢牢記住了。

陳三很無趣，得了一句「大隊裡沒有錢」，掉頭就走了。

回到醫院一看，小女兒嘴唇已經發紫，摸摸她的手，覺得涼絲絲的，陳三要哭了。看的人就催他：「還不快去想想辦法。」小女兒好一副乖樣子，乖得一隻貓兒似地靜靜地躺在那兒。陳三用手摸她的臉蛋，叫她的名字，但小女兒就是不肯答應他。

醫生又說：「得趕快往城裡送。」

陳三出了醫院，大步直走，走到劉書記家門口時，雙腿嗦嗦地抖。他低頭走進屋去，看見劉書記正盤腿坐在椅子上抽菸，「撲通」一聲跪下了：「救救我的孩子。」

劉書記大吃一驚，指著他：「你——你怎麼能跪下？」

陳三低垂著頭，口中訥訥：「救救我的孩子……」

劉書記連忙走進裡屋，拿出三十塊錢來塞在他手裡：「快送孩子進城。」

小女兒三天後醒來了，但從此失去了從前充滿靈性的目光，總是呆呆地看人，看他，看風中搖曳的樹或啄食的雞，並且不再說話。

我上初中二年級時，一天放學回到家中，母親正和鄰居們說話，就聽見說：「陳三死了。」

陳三是跌在一個大缺口裡死掉的。那個缺口很寬很深。原先上面有一塊板，但被人偷走了。陳三大概想跳過去——這在從前，對他來說，只要稍微用點勁，一跨就能跨過去的。但他忘了，他老了。

第二天，我隨母親去看他，從此就永遠記住了他最後的樣子：他被平擺在一塊門板上，那門板沒有他的身體長，他的雙腿就有一截伸在了門板的外邊。

一九九七年五月三日於北京大學燕北園

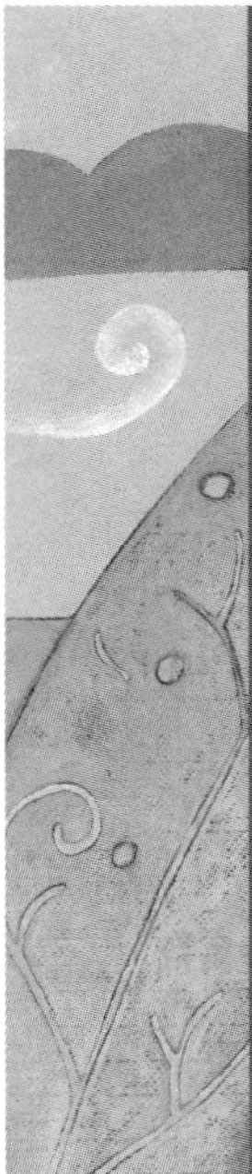

十一月的雨滴

一

母親坐在輪椅上。我推著，在十一月薄而透明的雨幕裡……

母親的眼睛癡迷而固執地望著在空中飄動、搖晃著的猶如鑽石一般晶瑩的雨滴。我知道她想唱歌，然而，她已啞了。我還知道她想唱那首叫《十一月的雨滴》的歌，因爲那是一首從此使她在歌壇扶搖直上、也是她始終迷戀的歌。

我是有罪的……

我永遠承認，我讀初中的時候，曾是一個厚顏無恥的孩子。我學會了賭博——是在我的同學阿明家學會的。那幾天，我正爲期末考試考砸了而在心裡煩惱不已。阿明說：「管他呢！走，到我家玩去。」他哥正和一夥人關在屋裡賭博。他們吞雲吐霧，而門窗又都嚴嚴實實地關著，滿屋子雲山霧罩，立即讓人感到迷迷濛濛，像是離開地面飄到了另一個世界。

應當說，我出生在一個高貴的家庭。我的父親是鼎鼎大名的電影明星，而我的母親也是名噪一時的女高音歌唱家。我跟下層社會少有接觸，尤其是與這些生活在陰暗胡同裡的人，更無來往。因此，我從未見過賭博。在一股戰慄的好奇心驅使下，我和阿明插到了這群賭徒中間觀望著。

我一輩子都要悔恨這次觀望。

那場景的魔力太恐怖了，它會將任何一個意志堅如磐石的人拉進這罪惡的深淵。賭徒們的眼睛都布滿血絲，含著恐懼、貪婪、僥倖、企求和仇恨。每一個人對另外一個人來說，都是敵人。他們互相用陰冷的目光斜視著，當對方輸了的時候，嘴角上就會爆出一個很殘酷又很痛快的冷笑。在他們摸牌的時候，屋子裡墳墓一般靜寂，又像在遠古的洪荒之中。他們有的顫顫抖抖、遲遲疑疑地伸手去抓牌，像是抓什麼令人害怕但又抵擋不住它的誘惑的怪物。有的突然將手伸出，閃電般地抓住一張牌，又閃電般地將手收回，把牌緊搗在胸前。有的顯得若無其事，滿不在乎，無所謂，很安閒，像是在考慮一件跟賭博毫無關係的事情，然而，他的眼睛卻瞞不過人，他的心一片焦灼。牌到手後，誰也不敢立即一下子全都看個究竟。有的將反扣在桌上的牌一張一張地翹起，不敢正視，側目而看。有的把牌從胸前挪開，舉到空中，將合著的牌，一張張地捻開，出現一個數字要花很長時間，就像守候彗星從天上經過一樣令人焦急。有的，乾脆將牌交給我和阿明：

「喂，小老弟，幫我看一下！」

看完牌，賭徒們都戰戰兢兢地沉默著，互相察顏觀色。那些眼睛都賊溜溜的，又黑又亮。他們企圖想從對方的臉上窺出牌數來。然後，他們就互相催促亮牌。終於有一個人突然把牌拍在桌子上，只聽見茶杯在桌子上跳動發出瓷的清響。接下去什麼情況都可能發生，或是他的牌壓倒群芳，或是還有更大的牌將他擊得稀哩嘩啦。贏者，頓時顯得窮凶極惡，張開兩隻被汗弄得濕漉漉的手，像捕獲獵物一般，從別人面前將錢一下子劃拉過來。有的贏者在做這些動作時，一聲不吭，顯得老謀深算，陰險奸詐，似乎贏早在他預料之中，甚至還露出一點憐憫別人的神情。有的，則瘋狂地喊叫起來，並站起，攥緊雙拳，在空中亂捅。敗者，或顯出一副沮喪，或挫動牙齒，或把手放在桌面上彈打著，那樣子，想要在下一盤致人於死地。

一盤比一盤緊張，一盤比一盤殘酷。

我直看得心驚肉跳，滿頭大汗，渾身一股熱流狂奔亂突，處於一種莫名的亢奮與激動之中，早把煩惱拋在了腦後。

屋裡的空氣越來越渾濁。賭徒們一個個像鬼似地在這煙霧裡伸手、攤牌、滴溜溜地轉眼珠。一個個居心叵測，滿腹狐疑，又一個個充滿一種恐怖的快感。沒涉足過賭場的人，把頭髮揪斷了，也是絕對想像不出賭徒們的喘息聲的。他們能在很長的時間裡屏住呼吸，像是靜聽從天邊傳來的一種微弱的福音，而一旦恢復喘息，則像一頭被獵人追趕的窮途末日的野獸。有的長歎一聲，使人有世界瀕於崩潰的感覺。有時，他們的喘息聲索性變得有點像快要進站的火車頭，其聲音粗濁，讓人感到心在嗦嗦地抖。

賭場，千萬別去。你會進入一個魔幻世界。你一腳踏進去，就別想再原樣走出來。

我忽然有點發冷，說：「阿明，我走了。」

阿明卻說：「我們『帶驢』玩好嗎？」

「『帶驢』？什麼叫『帶驢』？」

「就是把幾分錢押在一個人的牌上。他贏，我們也贏。你看誰的手氣好，就把錢押在誰的牌上。」

我趕緊逃跑，卻被阿明哥哥的朋友「牲口」一把抓住了：「來玩吧，我比你還小得多的時候，就當眞玩了。」

阿明說：「我們反正也不動手摸牌，這也不叫賭博。」說完，他替我把一毛錢放在牲口的錢上。

牲口手氣不錯。我一毛錢都變成一塊錢了，才慢慢從恐懼中清醒過來，知道自己此刻正在幹什麼。我心裡還是想撤，可卻怎麼也邁不開腳步。一贏一輸，一驚一乍，忽而緊張得心像用腳尖使勁地踢我，忽而又高興得要跳起來，恨不能一頭鑽出房頂。一種從未經驗過的刺激，把我弄得癡癡呆呆。我忘記了一切關於賭博的詛咒與禁令。賭博，是一股讓人昏頭昏腦、喪失理智的七月熱風。賭博就像傳說中吊死鬼手中那只引你入頸的美麗花環，它能把人的一切良知、道德弄得模糊起來，而勾引出一切沉睡在靈魂底部的惡之品質，並使你處於它的魔爪之下而動彈不得。

這種事，走了第一步，就會走第二步，並且不由自主、鬼使神差地朝黑暗深處一直走下去，頭也不回。從此，我一發而不可收拾。玩這玩藝兒有癮。我才理解，一個人為什麼連戒菸都那麼難。癮，懂嗎？癮！如果我不幹這種事，心裡就覺得空空的。輸了，我受不了。想把它撈回。贏了，使我像喝醉了酒的人，抓緊杯子不放還要喝。不管是輸，是贏，其結果一樣：煽動起我更大的欲望。尤其是在我漸漸摸到這門人生遊戲的一些機關、訣竅、奧祕之後，我常常陷入了對一種智力角鬥的欣賞所引起的令人陶醉的快意之中，便越發地將心思一古腦兒用進去。

越賭越凶。

我才知道，原來賭博竟有那麼多五花八門的方式。有文雅的，有粗魯的，有修身養性的，有如同頃刻間要焚燒掉自己一樣狂烈的。比如打麻將，這就比較高雅，一邊品茗一邊琢磨，慢慢的，流水樣，輸贏也不大。在碗裡玩銀骰子，腦袋碰腦袋，還把腳拿到凳子上，吆五喝六，就帶了點匪氣。滾「五七寸」，太土且又得在野外地上玩，扎眼。我當然不會去打麻將，那是磨性子的，老頭老太太的玩藝兒。也不喜歡玩骰子和滾「五七寸」。我愛玩撲克牌。起先是「帶驢」，後來就獨占一門，直接抓牌。單撲克牌一項就有數不清的玩法。起先是「百分」、「敲三家」，到了後來，我玩瘋了，除了「火燒洋油站」，其他一概不玩。聽聽這名字，你就知道這種玩法有多麼的瘋狂。一人只抓兩張牌，輸贏只在眨眼之間，只見桌上的錢來來去去地不斷易主。依我看，這種玩法比國外那種輪盤賭還要瘋狂。由於輸贏只是瞬息間的事情，賭起來那股狠勁也就越大。一場賭下來，不論贏的輸的，皆精疲力竭，像被抽去骨頭似地往下癱，恨不能一覺睡去永世不醒。

我有時也想趕緊從中拔出來。可是不行，就像陷在泥淖裡，掙扎不出來了，我也不想掙扎，隨自己去了。癮頭上來，我就像人們說的那種大菸鬼一樣不能控制自己，抓耳撓腮，坐臥不安。這種時候萬一碰不著賭友，我就和阿明兩個人賭一本書的頁數。我突然把書翻開扣在桌子上，問對方翻開的頁數是多少，誤差裡外不超過三。

大家一定覺得我墮落得可以了，很醜。是的，我承認。不過，這個世界上至少還有一個比我更醜的人——我親愛的父親！

二

對於父親的形象，我無法形容，我只會說：「絕對的棒！」

他從不演反面角色，從他出道的那一天開始，他就只演一些品格高尚、風度優雅、氣度非凡、精神高貴的角色。他從不故意做戲，臉上總是那一副寧靜的、古典式的表情。他一出現在銀幕上，就似乎能給予觀眾很多東西。戲在他深沉的目光和極爲乾淨、準確而又稀少的幾個弧度不大的動作裡。無論是生活中的形象，還是銀幕上的形象，直到母親變成現在這個樣子，我也不得不在心裡承認，父親確實是這個世界上最漂亮、最有風度的男人。

父親給數以萬計的觀眾留下了深刻的印象。他們崇拜他。

那些日子，我的手氣很糟，總是輸，輸得身無分文，還欠了牲口一筆錢。我急了，想一把撈回來。可是，他們不讓我賭了：「去你媽的，誰和你賭？找錢去！」我只好難堪地坐在一邊。牲口用邪惡的眼睛看了我一眼：「小子，你答應讓我親你媽一下，欠我的不要了，再借你一筆，怎麼樣？」

我把拳頭捏得「格格」響，瞪著牲口的眼睛。我愛我的母親。她是聖潔的。誰也不能侮辱她。我走過去，突然揮起拳頭，砸在牲口的鼻梁上。他趔趄了一下，一拳把我打翻在地：「小兔崽子，滾回去！你一天不把錢還給我，我就一天這麼說！」

我帶著屈辱，痛苦而仇恨地回到家中。

父親的那件深咖啡色的風衣掛在衣架上。我故意不去看它，卻迫使目光落在那架鋼琴上。牲口的那對邪惡的眼睛又在我眼前像黑夜中的野狼一般閃動著。我閉起雙目，可那對眼睛卻又出現在我的腦海裡。我的目光又情不自禁地慢慢地轉移到那件深咖啡色的風衣上。我一步一步走過去。在離它三步遠的地方，我不知站了多久。我聽到了自己的急促的呼吸聲。突然我猛撲過去，把手伸進口袋裡——沒有錢！於是，我就翻其他的口袋——除了一只信封，我只摸出幾枚硬幣。也許這信封裡裝著錢。我將兩根手指伸進去，夾出來的僅僅是一張紙條。我失望地看著這張紙條，正欲將它扔掉，卻看見一行文字。這件事將使我悔恨終身。

倘若我沒有看見這行文字，也許，在我心目中父親永遠還是過去那個高貴的父親，母親今天也依然還在金碧輝煌的劇院裡用她那圓潤婉轉的歌喉在歌唱，我的家庭仍還是一個無比溫暖、一片明亮、充滿詩意的家庭，我們一家還在溫情脈脈地生活。然而，那行文字卻像顆顆子彈對我的心房直射而來：

房間訂好，濱河大飯店四〇九室，十五日晚上我等你。

莉莉

父親欺騙了我們！

昨天，我從他們的房間經過，還聽見父親對伏在他肩上的母親（我已長這麼大了，但他們至今還常常像一對初戀的情人那樣難捨難分）說：「等我，過幾天，我看完外景就回來。」

我低頭走過，似乎還聽見他們接吻的聲音。

莉莉——這就是父親要看的外景。

如果我沒有猜錯的話，這位莉莉就是那位年輕漂亮的女演員。她常來我們家，見了母親，會像燕子一樣飛過來，摟抱著母親的脖子，「大姊大姊」地叫，親暱得實在讓人感動。於是母親就像接待一個天眞無邪、活潑可愛的小妹妹一樣，甚至親自給她剝桔子，並常常把自己最喜歡的一方頭巾或一只最時髦的小包贈送給她。

「外景」，父親，一起耍弄了我們。

我可憐起自己來，更可憐母親。我的母親儀態優雅、嫻靜，談吐舉止都極有教養，更有一顆善良溫柔的心。我相信，世界上像這樣的母親並不多見。她的聲音純淨如銀，歌聲美妙動人。這種柔和的歌聲卻能輕而易舉地淨化人的靈魂。她對這個世界幾乎不抱一絲疑惑，更未有過仇恨。她相信一切。當我從賭場回來後，我常常會在她眞誠而又溫和的目光下不敢抬起頭來，而慌慌張張地溜走。她愛父親，愛得有時候連我都有點不好意思。幾日不見，她就會如一個十八歲的女孩出神地思念，靜無聲息地讓她的思緒飄向遠方。

母親在我心目中，是一首詩，一汪林間湖泊，一枚使人感到清涼的橄欖。世界因爲有了她，似乎變得乾淨了。

可是，我的父親……！我忽然覺得天地傾斜，日光黯淡，空氣變得渾濁，眼前的一切變得影影綽綽，極不眞實。

一種拋棄感裹緊了我的心。

我將那張紙揉成一團，狠狠地擲出窗外。

我斜倚在沙發上。有一陣腦子裡只是一片空白，彷彿自己已經變成淡淡的煙霧消散了。當我慢慢地又感到自己還存在時，我覺察到冰涼的淚珠正向嘴角流來。一種前所未有的空虛籠罩著我的心。此時，我只希望賭博！賭場的誘惑力現在變得讓我渾身發寒。我忽然從沙發上跳起，拚命朝門外跑去，我要賭！然而，跑了一陣，我停住了——我身無分文。不知爲什麼，我這時覺得捍衛母親的名譽和尊嚴的欲望空前地強烈和不可抵抗。我簡直容不得任何人對她有任何一點不恭的言辭。我幾乎想到要把牲口殺死！我要還清他的錢，並且把他贏得一絲不剩，剝光他的衣服，讓他可憐巴巴地像一條狗一樣哀求我。

我又返回家中，到處尋找著錢。然而終於沒有搜到。我只好耷拉著腦袋，像死人一樣倚在沙發上。

不知是什麼時候，有一個念頭像火花一樣在我心中爆炸開來。當時，我禁不住渾身發抖。也就在那時，我知道自已已經變得很壞了。我很害怕。我爲我的墮落而感到傷心，想大哭一場。我走到門外，找回了那張紙條，將它鋪開，抓在手中。我不能讓父親覺得他所幹的事情，在這個世界上沒有任何人知道，從而無憂無慮、逍遙自在。我一定要讓他知道，他的事情現在掌握在一個人手裡，而這個人就是他的兒子！爲了母親，我不能讓他安寧。因此，我還可望能得到足夠的錢去賭場。

我靜靜地等候著。

父親風度翩翩地回來了。

「怎麼啦？」父親的聲音當然是難得地好聽，音質純眞渾厚，極富魅力。他用手拍了拍我的腦袋問。

我不回答。

他轉眼看見了衣架上的風衣。當他看到翻到外面的口袋時，他大概忽然想起了那封信，急忙跑過去。

我在一旁冷冷地看著他著急慌忙地翻遍所有口袋後的緊張表情——儘管他想使自己在我面前保持冷靜，不失紳士風度。

我把那張紙丟在地上。我想，我馬上就能欣賞到父親的窘態。他從未有過窘態，這回我倒要看看，他這樣的人發窘是什麼樣子。我無端地感到一種滿足。然而父親不愧是父親，他用眼睛瞥了一眼那張紙條，驚詫和尷尬的神情一閃而過。他若無其事、神態坦然地從紙條上走過去，坐到沙發上，解掉領帶，隨手翻閱著畫報，姿態萬分優雅。

我很惱火，從心裡嫉妒他的冷靜和驚人的鎮定，覺得自己非常彆腳可笑。

他始終沉默著。

我不可能再指望他恐慌了。我等待不及了，用腳尖踢了踢那張紙。把它踢開，直到那行字完全暴露出來。我斜看了一眼父親，他依然在很舒坦地看畫報，無動於衷。我覺得自己忽然變得有點軟弱無力。我預感到，如果再堅持一會，我就會被他鎮住，於是我趕緊結結巴巴地說：「給我五十塊錢。」

「錢？」父親放下畫報，「幹什麼用？」

「有用。」我用腳尖又踢了踢那張紙。我當時的樣子一定有點像個無賴。

父親非常大方地從西裝裡面的口袋裡掏出錢包，送到我面前：「要用多少，自己拿。不過，像你這樣大的年紀是不能亂花錢的。」他非常自然地想在我面前堅定不移地保持他是一個慈愛而嚴格的父親的形象。

「你不能到社會上學壞。我和你的母親對你都非常信賴。我們對你抱有很大的希望……」

父親眞是了不起，有一陣，他語重情長的話和他那副鄭重、莊嚴、充滿呵護的神態，幾乎差一點就要抹掉他給我的虛僞形象，而覺得現在的父親才是眞實的，剛才只不過是做了一個噩夢，是腦子壞了之後的一番虛幻。我甚至爲自己懷疑父親的品格而感到內疚和不安。

我趕緊從錢包裡取了一些錢，把錢包放到桌上。

他打開錢包，平淡地問：「夠嗎？」他給我心理上的感覺是：他給我錢，與那張紙條毫無關係——而且這個世界上根本就沒有什麼紙條，我純粹是胡思亂想。

我在他居高臨下的氣勢面前，覺得自己非常藐小、卑微。

然而，當我再看到那張紙條時，父親所做的一切努力就又立即破產了。我反而更加憎惡，並對父親這種道貌岸然的表演感到一種難忍的噁心。我把錢揣進口袋，從那張紙條上踏過，朝門外逃去。

就這樣，我和父親在一字不提那張紙條的情況下，做了一筆骯髒的交易。儘管他曾企圖給我造成我們之間並沒有做任何交易的印象。五十塊錢，使我參與了「外景」和父親對母親的共同欺騙。一種罪惡感壓迫著我，使我感到自己非常卑鄙。我想使自己忘掉這些，便向阿明家拚命跑去……

三

我眞是個無能的傢伙，又輸得一塌糊塗。到天黑時，又身無分文了。憤怒、鬱悶、惱羞和壓抑混雜在一起，使我簡直要發瘋了。我在路上橫衝直撞，差點要和人打架。走到家所在的胡同口，我遠遠地看到母親站在路燈下等我，便不自覺地把頭低垂下去。

「怎麼這麼晚才回來？」

「到同學家去了。」

「以後早點回家，別讓我著急。」母親沒有懷疑我——她這種人根本就不知道懷疑別人。桌上的飯菜都已擺好，我這時頓感飢餓，想動手吃飯，母親卻說：「等等爸爸，我們一起吃好嗎？」

「每天晚上都是這樣！等他，等他！」我冷冷地說完，破天荒第一次違背了母親多年來恪守不變的規矩，獨自吃起來。

母親有點吃驚，但並沒有生氣：「你今天一定是餓了。」她自己一邊織毛活，一邊在等父親。

過了一會，她對我說：「你看看，我織的這頂貝雷帽好看嗎？」

我抬頭看，她把她剛織完的一頂雪白的貝雷帽舉在手裡欣賞著。那頂帽子當然很漂亮。

「是給你莉莉阿姨織的。」

血液砰的一下湧到我的腦門上。當時，我的表情一定很難看，母親驚愕地：「你怎麼啦？」

我喘息著。

「到底怎麼啦？」

「……」

「到底怎麼啦？」

「我討厭她！」

「你——！」母親像是不認識她的兒子似的，「你怎麼好這樣隨隨便便地討厭人呢！」她顯然生氣了。

我丟開母親，氣勢洶洶地跑進自己的房間，「砰」地將門關上。我把房間狠狠糟蹋了一通，最後，無力地倒在地毯上，簡直就像一具屍體，動也不動。

不知過了多久，母親叩響了我的門：「出去散步嗎？」

我沒有回答。

「這孩子今天怎麼了？」母親大概是向父親說了一句。然後，我就聽見他們一起走出門去。

以往，晚飯後，我們全家都要沿著河濱大道散步。父親和母親總是手挽著手慢慢往前走，我或是走在母親身旁，或是走在父親身邊。那時，城市很安靜，晚風從水面上吹來，空氣非常濕潤。那種時候，我在柔和的燈光下更容易體會到一個和諧的家庭所具有的一切愉悅、甜蜜和幸福。而那一切，只不過是一道水霧中的彩虹。我走到窗口望去，父親正像往常一樣優雅地挽著母親，沿著河濱大道很優閒地往前走去……

四

我被一種沉重的悲哀與羞愧所糾纏，惶惶不安，不可終日。我覺得這個世界索然無味、空虛一片。而我又不得不打發日子。於是，我就欺騙學校和母親，成天泡在賭場上。對自己的墮落，我甘心情願，甚至渴望加速自己的墮落。

我也會不時地有一種快意，雖然這種快意是狠毒和猥瑣的。這就是，我終於覺察到父親因爲我知道了他的內幕，而失去了心靈的平靜，常常不安。「我的兒子知道我是虛僞的。」他無法拒絕精神上的懊喪。父親的不自在，使我在賭場的失意得到了補償。有時，我幾乎要恫嚇他：「我要告訴母親！」當然我暫時不會這樣做的。我需要錢。再說，我不忍心讓母親知道。

我和父親繼續心照不宣地做著交易：我守口如瓶，他則給我錢。當然，父親永遠也不會放下他的架子。即使幹這種事情，父親也絕不肯失掉那種優雅風度，控制不住高尙感情的流露。

不是我在推卸責任，是他將我往罪惡一步又一步推進——至少是加速了我的毀滅。

我又欠了牲口的錢。他又赤裸裸地當眾說著侮辱我母親的話。這段時間裡，我對母親的尊嚴特別敏感。我掀翻了桌子，跟他玩命了。我咬他，抓他，踢他，撞他，掐他。我一次又一次地被他摔倒，又一次又一次地掙扎起來撲上去。那群賭徒散開，在一邊跳著叫著，非常開心。最後，我被打得鼻青臉腫，躺在地上半天不能動彈。

我被阿明扶著走到我家所在的胡同口。我扶著牆往前看去，只見母親依然站在路燈下等我。她見我走路一瘸一拐，便跑過來問：「怎麼啦，你怎麼啦？」當她看到我流血的臉時，簡直嚇壞了，連忙扶住我，哆哆嗦嗦地，「你這是怎麼啦？」

我不作聲，一瘸一拐地往家走。

她把我扶到床上，然後用淨水輕輕地給我洗擦。我看見她的眼睛裡含著淚水。洗完後，她就坐在我身邊：「走路摔了？」

我不吭聲。

「自行車撞的？」

我把臉轉過去，直想哭。我的母親，永遠也想不到她的兒子已墮落了。既然她相信任何人，當然更相信她的兒子。她守著我。後來，她睏了，竟在我身邊躺下。我不由得一陣害臊，兩頰灼熱。我是中學生了，和母親分床睡已經好多年了。過了一會兒，她以爲我睡著了，竟然把一隻胳膊慢慢墊到我頭下，並把我的身體往她懷裡拉了拉，讓我的臉一直貼到她的胸脯上。媽媽身上特有的溫馨氣味，和那均勻好聽的心跳，我已久違了。它們使我想起童年的生活，淚禁不住湧流出來，浸濕了她胸前的衣服。她感覺到了，輕輕地梳理著我的頭髮：「你怎麼啦？」她把我緊緊摟著。我憋不住「嗚嗚」哭起來。我忽然意識到自己大了，在母親的胸膛上這樣不管不顧地哭，實在不像樣子，就坐起身來，伏在床架上。而母親依然還把我當成一個六七歲的孩子，抱我，撫摸我，哄我，一個勁地問：「怎麼啦？怎麼啦？」直到我再一次安靜地睡下來，她又再一次把胳膊墊到我頭下，才停止那種讓我的心感到無比溫暖的愛撫。

我的心像一滴懸掛在葉子上的水珠那樣一直顫動著。

我沒有去學校。母親就在家陪著我。

「讓我給你爸打個電話。」

父親又出門去了，但願這次是眞正地看外景。

母親根據父親臨走時留下的地址打了半天電話，對方說父親根本沒有到過那個地方。她著急了，便到處打電話詢問，均無結果。她焦躁不安地搓著手，在我房間裡走動著：「你爸爸在哪兒呢？」

我想，父親莫不是又去看「外景」了？

而母親卻很可笑地爲父親擔憂：「不會是在半路上出什麼事吧？」她就又不停地撥電

話，到了後來，她竟緊張得想往外跑，找父親去。

我冷冷地說：「他丟不了的。」

她對我的口氣感到很驚訝，陌生地、長時間地看著我的眼睛。過了一會兒，她說：「我去找你爸爸的朋友，向他們打聽打聽。」她到底還是出門去了。

她把我一個人丟在家裡一天，一直到天黑，才回來。她疲乏極了，癱坐在沙發上，眼睛裡含著焦急和擔憂：「他人在哪兒呢？誰也不知道。」她眞能瞎想，竟想得自己害怕起來，坐到我身邊，抓住我的手：「你說，你爸爸不會出什麼事吧？」她的眼睛盯著我。

我的心腸眞是大大地壞了。見她這副慌張、認眞的神情，莫名其妙地說出一句刻毒的話：「沒準兒。」

她鬆開我的手，往後退了一步，很生氣地看著我。然後倚著窗子向夜空下的大街眺望著。當她回過頭來時，我看見她的眼睛淚光閃閃。

我頓時萌生了揭穿父親騙局的欲望……

我必須立即戒賭。這樣我就沒有必要對他進行沒完沒了的敲詐，就沒有必要繼續與他做交易。

然而，我很難做到。

五

我賭得入魔了。我的靈魂已不再屬於我自己所有，而被攫取、反撲、復仇、折磨別人、自我麻醉等無數惡劣的欲望所牢牢地控制著。我身不由己。更何況我已處在快要接近這門「藝術」的最高境界和掌握它命脈的前夕。

我幾乎就要領悟牌運了。這可是一件了不起的事情，非一日之功。牌運，懂嗎？這只可意會，不可言傳，不玩到那個份兒上，是無法感覺到它的——全憑感覺。在賭場的上空，它像一個長著翅膀的精靈，在悄無聲息地飛翔。它一會兒落在你頭上，一會兒落在我頭上。但這一切，又都不是隨隨便便的。然而，不是每個人都能感覺到它此刻在什麼地方棲息。運氣來了，你抓了小牌，懊喪之極，滿以為輸錢已定，然而當牌都顯到桌面上時，眾人比你的牌還要臭了許多。倒運了，你抓了「二八杠」（「二」與「八」兩張牌，在「火燒洋油站」裡爲大牌），以爲穩操勝券，滿把摟錢，洋洋得意，喜於言表，但到全部顯牌時，卻使你目瞪口呆：有同花「二八杠」將你一口吃了！這時，你就會領略那些從無限複雜的生活現象裡總結出的、你一點也不感到新鮮的俗話：「倒楣時，喝口涼水都塞牙」、「人走運，跌個跟頭撿著金元寶」……。那麼人就無能爲力、任命運宰割、束手待斃了？不——，不不不。人完全可以掌握它。當然這很不容易。別看我學業已經荒廢，但對耍牌卻一日精於一日。我的神經已經被一次又一次的失敗所引起的痛苦磨礪得敏銳起來，我似乎能夠感應到那個無時不在、無處不在卻又無影無蹤的牌運了。此說，並非神乎其神，說白了，它是一種事物底部蘊藏著的規律，大千世界，皆受人幾乎無法對抗的規律所制約。全部關鍵在於如何掌握它。當牌運像美麗的天使一般暱近你的時候，你要敢打敢拚，絕不要因偶然一敗所嚇而龜縮回去；而當它展翅高飛離你而去光顧別人時，你要知道自己失寵，要學會躲讓，別在乎別人說你小氣，只把很小的賭注押在桌上慢慢地消耗。

我幾乎無時無刻不在揣摩這牌運飛行的軌跡和頻率。我不再輸得慘不可言了。我居然稍有進項。當然我還未能徹底擊垮「牲口」，以報仇雪恨。距精於此道，僅剩一步之遙。

這些天，我食不知甘味，衣不知冷暖，呆呆傻傻地去鑽研自己的研究物件。向牲口報仇的欲望，變得越來越固執。

今天下午，我們將再次較量。

昨天晚上，我把牌一張一張地親吻了一遍，直吻得滿眼淚水。明天，我就用這副印下我屈辱、印下我仇恨、印下我種種欲望的牌去與他們進行一場殊死的拚殺。

上午我要好好睡一覺，養精蓄銳。

當然，我也在時時刻刻詛咒自己，特別是從賭場回到家裡看到母親那雙永遠向人投以信任、柔和、恬靜、純淨目光的眼睛時，我覺得自己醜陋不堪，狼心狗肺，想狠狠打自己的耳光。倘若我不知道罪惡，我當然就沒有罪惡感，而我知道，卻讓這罪惡延伸下去，並參與這罪惡，去蒙蔽這樣一位母親，這簡直太可恥了，天理難容。

有一陣子，我想：算了，今天不去賭了。

但我心裡也明白，這不太可能。

母親一早出去了。大約九點鐘的光景，我聽到父親在撥電話。現在，我對他的一切行動都感興趣。我從床上起來，走到門邊，把耳朵貼在門上竊聽著。

「……明天晚上八點，在黑天鵝茶座等我……」

這太過分了！他明明知道我在屋裡。這太明目張膽，太肆無忌憚了。不不不，他完全有理由這樣做。因爲，他已一次又一次付給我錢了。我已被收買了。在他心目中，他的兒子不過就是那麼一個下作的東西。對於他，我已根本不存在。我剩下的最後一點自尊心也被他無情地撕碎了！我想拉開門，光著脊梁站在他面前，但結果卻是狠狠地劈打自己的耳光，繼而撲到床上，壓住聲音大哭。

該結束這場罪惡了。

越近下午，我越惶惶不安。我一邊拚命想使自己放棄賭博，一邊又被它幾乎不可抗拒地吸引。我神情恍惚，內心充滿痛苦。做人做鬼，就在此一舉了！

我忽然模模糊糊地想起那個故事來：大洋上有一座魔島，島上有魔女，其歌聲甚爲迷人，有船過此，人一旦聽到，就會走失靈魂，從而，這艘船就會失去掌握，立即觸礁葬身洋底。又一艘船將從這裡經過。船長讓船員都堵上耳朵，而他卻一定要聽一聽魔女們的歌聲。但又怕眞的被勾走靈魂，便讓船員們把他緊緊地縛在桅杆上。船從島邊經過，船長果眞聽到了魔女們的歌聲。正像傳說中所說的那樣，那聲音魔力無邊。船長立即不能自制，大喊大叫，要船員們鬆綁。然而，船員們遵照他「不管發生了什麼都不能鬆綁」的指令，不去理會，依然駕船前進。魔島漸漸逝去，船員們把船長解下，他已精疲力竭地軟癱在甲板上。但，他的靈魂畢竟被保住了。

當中午阿明來叫我走時，我才明白我爲什麼會想起這個故事。

我幾乎是跪在他面前央求他：「你把我捆上吧！」

他傻呆呆地望著我。

「求求你了，阿明，捆住我。」我把所有準備去報仇的錢都扔給了他。

他罵了我一句「神經病」，從地上抓起錢，塞進口袋裡，用繩子將我結結實實地捆住，又按我說的，將門在外面鎖上，走了。

這個下午我終身難忘。

開始，我還安靜。我為自己想出這樣一種遏制自己的主意而洋洋自得。我竟然輕輕地哼唱起來，全然不像是一個被縛住的人，而更像一個在風景優美的水畔徜徉或在湖上蕩槳輕舟的閒客。但當客廳裡的大掛鐘敲響下午一點鍾時，我的靈魂忽然像聽到了魔鬼的召喚，立即不安起來。我產生一種奇妙的幻覺，我的屋子忽然變成了賭場，牲口他們距我近在咫尺，煙霧繚繞，使人頓生飄然出世之感。我想站起來，不能動彈，這才又意識到自己現在正被縛住。我閉緊雙目，耳邊卻不斷響著牲口的淫蕩無恥的聲音。我睜開眼睛，眼前分明又是賭場。賭徒們皆早已忘記了嘈雜煩惱的人世間，全部精神都在賭博的勝負中沉浮。那一張張面孔簡直太誘惑人了。一聲聲叫喊使人肝膽發顫。牲口的嘴臉在煙霧中忽隱忽現，目光完全是一種食肉獸的目光。

我喘息起來，心底騰起熊熊的復仇烈火，渾身感到灼痛。渾蛋的牲口，我今天無論如何得收拾你了！我已完全摸透了你的招數，你的全部詭計已被我徹底戳穿。等著吧，我會很快讓你變成一條狗，趴在地上舔我的腳。我要你哭喪著臉向我借錢，然後你還要笑嘻嘻地聽我說一些侮辱你的語言。我要你的心像扎了針似地疼痛難熬，可還不得不忍住討好我。我今天有很大的本錢，輸掉十塊，我就押上二十，輸掉二十，我就押上四十……最後，我將像一個狠心的摸魚人將塘裡的水全都戽盡，將裡面的魚不分大小全都捉進魚簍那樣，把你們——全體曾耍弄過我並從我這裡獲得快樂的賭徒們的錢刷洗得乾乾淨淨，讓你們一個個變成「光屁股」！

我渾身被勝利的衝動而弄得顫抖起來。

可是我很快從幻覺中醒悟過來。這時，我無比懊悔自己選擇了這種愚蠢的辦法。我想掙脫，可阿明這小子真夠狠的，竟沒給我留下一點掙脫的可能。

我的賭癮這時彌漫全身。我饞極了，對面就是一張鏡子，那臉上的表情把我自己都嚇壞了。那是一對什麼樣的眼睛啊！它燃燒著貪婪的火焰。我張大嘴巴，呼吸著屋裡的空氣，但覺得淡而無味。賭場的煙氣是多麼刺激人！多麼好聞！那是一種什麼樣的氣味呀，真是令人陶醉。

我再也無法忍受這種殘酷的折磨了，用胳膊肘支撐著地面，一寸一寸地向門口移動。距離很短，但我至少花了一個鐘頭。我爬得大汗淋漓。我倚著門歇了歇，用腦袋一下一下地撞擊著門——屋裡空無一人。我絕望了，最後一擊，幾乎把自己擊昏在地上。

天光漸暗，我渾身鬆軟如泥，像是血液全部流失。我順著牆壁倒在地上。不知什麼時候我睡著了。當我醒來時，夜幕已經降臨，窗外的天空湛藍一片，一顆顆星星璀璨奪目。晚風徐徐吹入室內，使人感到腦清目爽。我閉上眼睛，淚珠從眼縫中一滴一滴地落下……

六

這天晚上，當母親又提出要等他一起回來用餐時，我把勺「咣噹」扔到桌上，然後十指交叉支在桌上，長時間地沉默著。我覺得我的臉快要憋得脹破了。我終於脫口而出：「媽媽，他和那個莉莉……媽媽，他們一起欺騙了我們……」

母親手中的畫報掉在了地上。

我望著她的眼睛，在我心中積壓了數日的話像滔滔洪水奔湧而出：「他根本就沒有去看什麼外景！那是一個壞透了的女人！他們都是騙子！他們越來越放肆，越來越不像話……」我一邊說，一邊向媽媽走過去。我激動得語調發顫，我覺得是另外一個人在說話。我氣也不喘，一句接著一句。母親發抖了，發抖了。我可憐她，卻又感到一種莫名的快樂。正當我說得快要瘋了的時候，母親突然批了我一記耳光！我一陣暈眩，晃動了幾下，站住了。在我的記憶裡，這是我出生以來，母親第一次打我，而且打得那麼狠。我覺得嘴角濕漉漉的。我知道，那是在流血。我沒有用手去擦，依然望著母親。

母親的聲音顫不成句：「最近……你學壞了……你盡編瞎話……惡毒傷人……你眞不知害臊……」她指著門外，「你——你出去……」

我走向門口。當我的一隻腳跨出門外時，我停住了，回過頭來對她說：「他們今晚上在黑天鵝茶座……」說完，我瘋狂地跑進胡同裡。

跑到河邊，我才放慢腳步。我找了張椅子坐下來。母親這時也許已經走出家門，在去往黑天鵝茶座的路上。她馬上就要見到父親和他的「外景」了。用不了一個小時，事實就將會向她證實她的兒子沒有瘋。

可是，我回到家中，發現母親並沒有去黑天鵝茶座。她默默地坐在沙發裡，似乎在想什麼。我進來時，她無動於衷。我站了一陣，她才把目光向我投來。我的目光和她對接了。我感覺到這目光在急切和驚慌地問：「兒子，你是撒謊吧？」那對目光告訴我，她多麼希望我向她承認我是在撒謊。可是，我用目光告訴她，這一切都是眞的。於是，她的目光裡含了惋惜和從未有過的敵意。

我走進了自己的房間。

不知過了多久，父親回來了。

「你回來了？」母親的聲音說明她抑制不住她的緊張，像是一下子抓住了父親。

「你怎麼了？」父親疑惑地問。

「沒有什麼，沒有什麼……」

或許父親已感覺到我「出賣」了他。因爲，在他和母親走向餐室時，我隱隱約約地聽到了一句：「你是否覺察到這孩子的腦子最近好像有點問題？」

哈，哈，哈哈哈……

七

我不笨，我很機靈，我很有頭腦。我對我的智慧十分欣賞。感謝賭場，現在，我對察顏觀色，對現象分析，對想像和推理饒有興味，並有極高的判斷能力。在做這些事情時，我很自然地把自己幻化成一個聰明過人、神機妙算的大偵探。我這人就這樣子，一旦想幹什麼，就很容易入魔。

我倒要看看，到底誰「有點問題」。雖與賭場已經訣別，但賭場在我的性格與氣質裡留下了磨滅不了的印象：不肯饒人，不戰勝對手，絕不罷休。

昨天，我看到父親把幾件襯衣裝進了他的皮箱。俗話說的，凡事多個頭腦。他又要去看外景嗎？今天早上，我看出他平靜的外表下似乎有什麼讓他激動的東西。當然可憐的母親是什麼也看不出來的。她去樂團了。我呢，背著書包，特意從父親眼前經過，使他知道我上學去了，現在家中就只剩他一個人。而我在外面兜了一圈，從事先開著的窗子又爬進了我的臥室。我幹得很漂亮，不留一點蛛絲馬跡。

外面，傳來父親的腳步聲。他在屋裡踱步。聲音告訴我，他情緒有點焦躁，像是在等待什麼。

大約在九點鐘的光景，電話鈴響了。父親的腳步聲急促地響著。

他去接電話了。我把耳朵壓在門上：

「……對，還是濱河大飯店……是五〇八室……我們可以一起度過整整一周時間……明天下午四點，我等你，我們一起吃晚餐……」

我非常激動，說不清楚是憤怒還是高興。如果不是這樣一個電話，我也許會感到非常失望。我靈巧得像一隻貓，從窗子滑出去，眞正地上學去了。這一天我聽課極爲認眞，老師的每一句話，今天在我看來，字字珠璣，我將它們一一吸進了腦海。

第二天下午，我一旁斜視著父親和母親依依惜別的擁抱。然後，母親要我和她一起爲父親送行。路邊早停著一輛轎車。父親上車後向我們揮手：「我每天晚上給你們打電話。」這是我和母親最後一次看到他向我們揮手告別。

晚上八點鐘，我在桌上留下一張紙條：

媽媽：

剛才接到電話，舅舅從廣州來，現住濱河大飯店五〇八室，讓你今晚務必去一下。

九點鐘，這是我終身難忘的時刻。因爲，是在這一時間，世界讓一個柔弱、純眞、情意綿綿、愛得忠貞、靈魂潔白無瑕的母親看到了它醜惡的一面。也是這一時間，使我從此陷入追悔莫及的苦惱之中。就爲了那一瞬我付出了沉重的精神代價，愧疚、自我譴責將伴隨我走盡漫漫人生。如果，那個時候的我是現在的我，而不是一個乳臭未乾、我行我素、沒頭沒腦的毛孩子，便不可能有那個殘酷時刻。我也許會忍受著折磨，將我所知的一切，對母親嚴嚴實實地隱瞞，讓她永遠籠在溫暖的光環裡，直到她含笑離開這個世界。

在傍晚五點到八點的這段時間裡，我脫光了身子，正浸泡在從城市中間流過的大河裡。已是秋天，河水冰涼徹骨。但我只將腦袋露出水面，而讓我的肉體全部埋在水中。我開始哆嗦，但我絕不想立即回到岸上。沒有一絲風，河水平靜之極。藉著岸邊路燈的藍光，我看到因我身體的哆嗦而在我脖子周圍形成的細密的波紋，它們像一盆受了震動的水所產生的情景……

九點鐘，母親叩響了濱河大飯店五〇八室的門。

門開了，就在那一剎那間，她看到面前站著的是穿著睡衣的父親和那個曾恩受了她許多贈品的「外景」。她用手扶了一下牆壁，沒有扶住，跌倒在走廊裡。

父親和「外景」跑了出來，要去扶母親。我從樓梯拐角的陰影裡衝出來，大聲向他們吼叫著：「不准你們碰她！」

八

我的母親像一根初春時的柳枝，像一枚冬日掛於枝頭的冰棱，脆弱得簡直不堪一擊。就那一瞬，便使她在頃刻間全部崩潰。三個月後，我把她從醫院接回。她已下肢癱瘓。而那過去曾發出銀鈴般聲音的嗓子，再也不能發出一絲聲音。她只能用目光冷淡地看著前方，似乎在追憶什麼。

贖回我罪孽的是我的生命。我要一輩子守著我的母親，推著這輛輪車，在這世界上慢慢地流動，慢慢地消耗我們的生命。

母親現在最喜歡雨滴，尤其是十一月的雨滴，每逢這個時候，我就聽從她心靈的指示，把她推進雨地裡，在柳梢下，沿著河邊往前緩行。我和她都被雨水澆透，但很愜意。這時，她的臉色很好看，舒展，活泛，閃著青春的光澤。她的頭髮被雨水淋到額上。她的眼睛像是被雨水洗刷過，黑而明媚。她的嘴唇似乎在顫動，我能清晰地聽到她在用心靈唱著那支歌……

一九八六年一月十五日於北京大學二十一樓一〇六室

文·學·叢·書

劃撥帳號：19000691　成陽出版股份有限公司　掛號另加20元
本書目所列定價如與版權頁有異，以各書版權頁定價為準

1.	吹薩克斯風的革命者	楊　照著	260元
2.	魔術時刻	蘇偉貞著	220元
3.	尋找上海	王安憶著	220元
4.	蟬	林懷民著	220元
5.	鳥人一族	張國立著	200元
6.	蘑菇七種	張　煒著	240元
7.	鞍與筆的影子	張承志著	280元
8.	悠悠家園	韓・黃晳暎著／陳寧寧譯	450元
9.	想我眷村的兄弟們	朱天心著	220元
10.	古都	朱天心著	240元
11.	藤纏樹	藍博洲著	460元
12.	龔鵬程四十自述	龔鵬程著	300元
13.	魚和牠的自行車	陳丹燕著	220元
14.	椿哥	平　路著	150元
15.	何日君再來	平　路著	240元
16.	唐諾推理小說導讀選 I	唐　諾著	240元
17.	唐諾推理小說導讀選 II	唐　諾著	260元
18.	我的N種生活	葛紅兵著	240元
19.	普世戀歌	宋澤萊著	260元
20.	紐約眼	劉大任著	260元
21.	小說家的13堂課	王安憶著	280元
22.	憂鬱的田園	曹文軒著	200元

楊　照 作品集

1.	為了詩	楊　照著	200元

成英姝 作品集

1.	恐怖偶像劇	成英姝著	220元
2.	魔術奇花	成英姝著	240元

作　者	曹文軒
發行人	張書銘
社　長	初安民
責任編輯	高慧瑩
美術編輯	許秋山
校　對	余淑宜　高慧瑩
出　版	INK印刻出版有限公司 台北縣中和市中正路800號13樓之3 電話：02-22281626 傳真：02-22281598 e-mail：ink.book@msa.hinet.net
法律顧問	現代法律事務所 郭惠吉律師　林春金律師
總經銷	成陽出版股份有限公司 訂購電話：02-26688242 訂購傳真：02-26688743
郵政劃撥	19000691　成陽出版股份有限公司
印　刷	海王印刷事業股份有限公司
出版日期	2002年10月　初版一刷
定　價	200元

ISBN 986-7810-04-X

國家圖書館出版品預行編目資料

憂鬱的田園／曹文軒著. --初版，--臺北縣
中和市：INK印刻，2002〔民91〕
面；　公分 --（文學叢書：22）

ISBN 986-7810-04-X(平裝)

857.63　　　　　　91015588